W0403299

L'ENFANT DERRIÈRE LA PORTE

DAVID BISSON
EVANGÉLINE DE SCHONEN

L'ENFANT DERRIÈRE LA PORTE

Préface de
Tony Lainé

Le Grand Livre du Mois

Tous droits de traduction, de reproduction et d'adaptation
réservés pour tous pays.

© *Éditions Grasset & Fasquelle, 1993.*

PRÉFACE

J'ai gardé le dessin que David a fait pour moi, le jour de notre première rencontre. Il s'était représenté sous la forme d'une masse excrémentielle.

Une longue épreuve l'avait atteint dans ce qui est le plus nécessaire à un enfant pour se développer et conquérir une place, l'estime et la considération de lui-même.

Le retard de sa croissance s'expliquait-il ainsi ? David était petit pour son âge, et pendant les deux années qui suivirent la fin de sa captivité, il eut du mal à pousser. On mit en œuvre des examens médicaux, sans qu'on pût jamais découvrir une cause précise à ce blocage.

David a beaucoup travaillé sur la haine qu'il évoque dans ce livre. Effectivement, il est parvenu à l'exprimer comme on extirpe de son corps l'écharde qui entretient la souffrance. Il l'a traitée, s'est appliqué à comprendre, à renouer les fils rompus de son histoire, à rétablir des vérités nécessaires à sa propre construction d'être humain.

Quand la haine fut ainsi conjurée et que revinrent la compassion, le goût de la tendresse, « le pardon sans le savoir », les images d'enfant, les rêveries de chaleur et de sécurité familiale, David se mit activement à grandir et à rattraper son retard, offrant un stupéfiant témoignage des ressources de l'humanité.

Le courage : David n'en a jamais manqué. Il s'est longtemps battu pour que rien ne se dise ou ne s'écrive de son histoire sans qu'il l'eût décidé lui-même. Le courage, c'est aussi celui qu'il lui fallut pour que se trace cette écriture accompagnée de celle d'Evangéline de Schonen. Ecriture au plus près d'une histoire déclinée, rouvrant comme au scalpel des blessures si récemment cicatrisées, encore vives, mais signifiant le plus authentique effort de conjuration du fatum tragique qui marqua son destin, et la volonté de ne pas laisser s'enkyster le traumatisme sans qu'il fût désarmé de la charge émotionnelle explosive qui l'accompagna.

A propos de telles atteintes et de leur possible remaniement sous l'effet du travail de la mémoire, j'ai beaucoup appris de David au cours de nos rencontres passées. Cela valait la peine qu'un livre fût aujourd'hui écrit, œuvre dont la surréaliste vérité nous guide jusqu'aux limites de la condition humaine, vers la découverte des avatars étranges de la filiation et la mesure des effets salvateurs de l'ardent désir de vivre et de comprendre d'un enfant.

« Petit à petit, on a appris à se parler sans arbitre... C'était une véritable rééducation parentale... Moi d'abord, apprendre à ne pas les voir en noir... Que la haine passe, disparaisse... J'avais besoin d'une famille, de racines... Tenter de refaire une vraie famille... Un ou deux ans ont suffi à calmer, enlever la haine... J'avais trouvé à la place le pardon, sans le savoir. »

David a-t-il jamais eu le droit d'être un

enfant ? Et comment a-t-il pu rejoindre la pensée de Goethe, affirmant qu'on ne devient jamais adulte sans avoir compris ses parents et leur avoir pardonné ?

Il est vrai que, dès nos premiers entretiens, alors que David venait de s'évader de sa geôle, il surprenait par l'acuité et la mobilité de son intelligence. Il l'employait à s'interroger sur toutes les étapes de son existence, y compris sur la décision qu'il avait prise de choisir la liberté.

Le petit garçon qui se tenait devant moi, solidement campé sur ses jambes, recherchait, retrouvait et communiquait son histoire avec un langage élaboré et précis. Sa voix était faible. Un filet de voix. Surtout ne jamais faire de bruit. Ne pas attirer l'attention sur sa présence. Il était cependant plein d'humour et de finesse, avide de paroles, prompt à associer les pensées et les images, capable à tout moment d'y entendre du sens.

Au fond de son placard, privé de l'essentiel, et notamment des jeux qui sont si nécessaires à l'enfant qui veut grandir, sans doute David a-t-il beaucoup écouté et beaucoup joué avec les mots et les images qu'il pouvait glaner, et avec les contes qu'il produisait dans sa tête...

Tony Lainé

A Tony

J'étais foudroyé de peur. Je suis rentré dans la salle d'audience avec le sentiment que je venais de faire une grosse bêtise, que c'était moi le coupable. J'ai fermé les yeux en souhaitant de toutes mes forces que tout se passe le plus vite possible.

J'étais dans un cauchemar. Un éducateur m'accompagnait. Devant nous se tenaient le procureur et trois autres personnes. Je repérais aussi deux avocats et un témoin. Mais je n'osais pas regarder plus loin.

J'avais juste jeté un regard derrière moi, en entrant, pour voir si mes parents étaient là. Il n'y avait personne.

Je me sentais traqué, pris au piège. Je ne peux pas l'expliquer. Je ne savais plus pourquoi j'étais là. Tout était confus dans ma tête. Je fixais le sol et le procureur me posait des questions auxquelles je ne comprenais rien. Je répondais n'importe quoi en regardant la tapisserie sur le mur.

A un moment, j'ai entendu dire qu'une dame dans les jurés avait craqué.

Je crois que cela a été le plus mauvais moment de ma vie.

C'était le procès de ma mère. A huis clos.

Mais le procès a eu lieu sans moi, comme si je n'avais pas été là. Je suis passé à travers les enquêtes dans un flou immense, comme un fantôme.

Mon frère m'avait demandé de ne rien dire de tout ce qui s'était passé. Il était triste, surtout pour son père, je crois. A cause de lui, tout ce que j'ai déclaré au tribunal était à l'opposé de mes pensées. S'il n'avait pas été là, je n'aurais jamais menti aux juges. Je crois même que j'aurais dit : « Condamnez-la ! »

Elle aurait peut-être fait vingt ans de prison, ou plus... Je ne sais pas. Le beau-père s'en serait tiré à bon compte, je pense.

Mais voilà, je ne me suis pas défendu, je me suis écrasé, j'étais tout seul avec mon histoire que je ne racontais même pas.

C'était à mon tour d'aider mon frère. Je ne le regrette pas. Il m'avait rendu de grands services quand j'étais enfermé. J'avais une dette envers lui.

Ce fut surtout de revenir en arrière, dans le déroulement de ces années folles, qui a été très difficile.

Plus tard, j'ai écrit au garde des Sceaux ; ils sont sortis peu de temps après. Mais cela est une autre histoire.

Je suis né le 29 mai 1970 à Angers.

Ma mère, à ce moment-là, travaillait comme hôtesse ou femme de ménage, je ne sais plus, dans les wagons-lits. Sur la ligne Paris-Nantes. Au cours d'un de ces voyages, elle a été débarquée pour accoucher. C'est pour cela que je suis né à Angers.

Elle ne s'était pas arrêtée de travailler en m'attendant. N'avait rien dit à personne. Déjà, là, elle me cachait. D'une certaine façon, on peut dire que je suis né en catastrophe.

A la maternité, elle voulait m'abandonner, mais cela lui a été refusé. Elle devait être dans une situation sûrement très difficile pour penser à faire cela. Elle était toute seule, sans aucune aide, sans homme à côté d'elle ; j'étais un poids pour elle.

Elle a repris son travail très vite, et m'a

laissé chez une nourrice dès les tout premiers mois de ma vie.

Il n'y avait donc pas de père pour moi à ma naissance.

Quand j'essaye de remonter le plus loin possible dans mes souvenirs, la première image, celle qui vient tout de suite, est celle de la mer.

Mes toutes premières pensées sont liées à une vieille dame au bord de la mer. Je ne sais plus où se situait cette mer-là. Sur la côte normande ? Sur l'Atlantique ?

Il me reste des bouts d'images, des flashs, comme des vieilles photos qui réapparaîtraient, ou même des morceaux de petits films...

Je ne me souviens plus du nom de cette nourrice ; je crois qu'elle était assez âgée. Elle habitait un vieil appartement tout en bois ; le bâtiment était un peu rouge, comme les maisons anglaises. La sienne donnait sur une plage avec des cabines. Je passais beaucoup de temps sur cette plage, à jouer et à manger des gâteaux. Il y avait aussi les embarcadères et un port de plaisance où on allait se promener souvent.

Elle s'occupait bien de moi et je crois qu'elle m'aimait beaucoup. Ce qu'il me reste, c'est la douceur de ces souvenirs...

Un jour on fit un voyage en train ; on allait à la campagne. Une campagne très verte, très belle. Il y avait un immense jardin, plutôt un parc, à vrai dire. C'était chez ses enfants, je crois. On a beaucoup joué au foot et à cache-cache. C'était vraiment bien.

La vie avec cette nourrice est un de mes plus anciens et de mes meilleurs souvenirs. J'ignore le temps que j'ai passé chez elle. Je ne sais pas quel âge je pouvais avoir, j'étais très petit. Mais du plus loin que je m'en souvienne, c'est dans cette maison-là que j'aurais aimé rester.

Après cette dame, j'ai connu d'autres nourrices. Peut-être le souvenir en est moins fort, mais elles ont existé dans ma vie et ont eu sûrement de l'importance.

Je suis allé chez une nourrice en banlieue parisienne, très gentille. Je m'y sentais bien.

Tous les matins, j'avais droit à un verre de lait. C'était bon et réconfortant. Elle avait une caravane dans son jardin où je m'amusais beaucoup. J'ai dû passer un certain temps chez elle. Mais, curieusement, je n'en ai gardé que peu de souvenirs précis, peu d'images.

C'est là que ma mère est venue me chercher.

Elle est arrivée un jour chez cette nourrice qui avait une caravane dans son jardin et chez qui j'étais bien. Elle voulait me ramener chez elle. Elle vivait avec un homme, que j'ai pris pour mon père, et un bébé, qui était mon frère.

Quand elle a voulu m'emmener, je me suis débattu. Je me suis mis dans une colère terrible. Je refusais de toutes mes forces de partir avec elle.

Je ne voulais pas retourner avec elle. C'est vrai. Je ne la connaissais pas du tout. Je n'avais aucune habitude d'elle, aucun souvenir. Elle m'était étrangère. Elle m'avait laissé depuis ma naissance. Je la sentais si peu, si mal ou même pas du tout...

Cela a sûrement été très dur pour elle.

J'avais du mal à admettre qu'elle était ma mère. Je n'avais aucune confiance. Plutôt une méfiance absolue vis-à-vis d'elle, qui s'est installée tout de suite.

Dès le début, j'ai refusé de l'embrasser et de lui parler. J'étais déjà très obstiné pour les choses du cœur. Elle a dû vivre avec moi une grande déception. Elle en est peut-être devenue folle.

C'était un immeuble au toit pointu, à Neuilly-sur-Marne. On habitait au deuxième étage dans un appartement de trois pièces : une entrée, un salon et une chambre à coucher, une petite cuisine et une salle de bain.

Au sol, il y avait un carrelage noir et blanc et tous les volets étaient peints en bordeaux.

Je me souviens très clairement des endroits dans cet appartement, où j'ai passé le plus de temps.

Quand on rentrait, sur le mur de gauche, se trouvait un très beau meuble en chêne, genre buffet, très lourd. A droite, un placard de rangement et, juste à côté, la porte de la salle de bain. En face de la porte d'entrée, s'ouvrait la porte de la grande pièce. Tout de suite à droite, il y avait un genre de renfoncement, d'espace pour la cuisine, sans porte, qui donnait directement sur le salon ; je me souviens d'une table ronde, en verre, dans cette cuisine où l'on mangeait parfois.

Dans la grande pièce, la fenêtre était sur le mur de droite ; il y avait un grand canapé beige où je crois ne m'être jamais assis, un fauteuil, une table en chêne et une télévision. La porte donnant sur la chambre à coucher se trouvait en face de la fenêtre, sur le mur de gauche.

Le lit de ma mère était à droite, à côté d'une armoire en bois blanc avec les portes marron, et celui où nous dormions, mon frère et moi, au début, était au fond de la chambre, sur le mur de gauche, près de la fenêtre.

Il y avait une seule chambre à coucher. Ma mère, le beau-père, mon frère et moi, puis mon frère tout seul, dormions ensemble.

Au début de cette vie, mon frère était encore un bébé et moi je devais avoir dans les deux ans. Il y avait deux lits superposés pour nous dans la chambre, mais je suppose qu'il dormait dans un panier tant qu'il était petit.

La première année, ma mère avait arrêté son travail pour s'occuper de « ses » enfants ; plutôt de son nouveau bébé. En ce qui me concerne, déjà, elle ne pouvait s'occuper de moi que dans la colère et les coups.

Le beau-père, par contre, jouait avec nous. Normalement. Comme un père, quoi ! Je me souviens, il était très grand et il avait de grandes moustaches.

Puis ma mère a repris son travail dans les wagons-lits. Il me semble qu'on allait la chercher à la gare quelquefois, avec le beau-père. Mon frère et moi sommes retournés chez une nourrice. Les journées passaient tranquilles.

Je voulais toujours monter dans la poussette de mon frère. La nourrice me disait que j'étais trop grand, que j'étais un grand garçon et qu'en tant qu'aîné je devais marcher ! Ah bon !

Mon frère n'aimait pas aller chez la nourrice. Il préférait rester à la maison. Moi, je trouvais cela très bien, au contraire, très naturel et plus paisible. Je m'y sentais parfaitement bien.

Après celle-là, nous avons été chez une autre nourrice, chez qui parfois nous restions dormir.

Je peux dire maintenant que j'avais comme une prémonition, un sentiment que quelque chose allait de travers entre ma mère et moi. La situation devenait de plus en plus difficile à la maison. Les punitions ont commencé très vite. Elles me tombaient dessus brutalement. C'était surtout quand il était question de nourriture que les coups pleuvaient. Je mangeais mal et lentement.

C'était au cours des repas. On était tous à table. A ce moment-là, j'avais encore une assiette, un couteau, une fourchette, comme tout le monde. Elle me donnait toujours quelques minutes pour finir mon assiette. Pas une de plus. Or je prenais beaucoup de temps pour manger. Elle ne le supportait pas. Parfois, je ne pouvais même pas avaler ce qu'elle me donnait.

Par exemple il y avait un plat de tripes qui revenait souvent, que je refusais carrément et qu'elle me forçait à ingurgiter. Je mourais à chaque fois d'écœurement. Elle se mettait alors dans une telle fureur que n'importe quoi pouvait m'arriver.

Elle m'installait alors, pour des heures, à genoux sur une barre de fer, le nez contre le mur. Ou bien elle m'enfermait dans la salle de bain des journées entières. Ou encore, la nuit, j'étais privé de lit et devais dormir par terre dans l'entrée. Sans compter les claques, les coups donnés sans raison apparente.

D'ailleurs, le lit superposé avait disparu. Il ne restait qu'un lit dans la chambre, celui de mon frère. Je dormais désormais ou dans l'entrée, ou dans la salle de bain. J'avais parfois droit à un matelas en mousse dans l'entrée, ou à un tapis dans lequel je pouvais m'enrouler. Mais ça ne m'empêchait pas d'avoir très froid à cause du courant d'air qui passait sous la porte de l'entrée.

Elle me terrorisait. Je n'osais pas bouger,

pas faire un mouvement quand elle était là. Je restais dans la position où elle m'avait mis, quand elle me punissait.

Il y avait aussi mon silence. Depuis que j'étais revenu vivre avec eux, je ne lui parlais pas. Du tout. Je ne pouvais pas lui adresser la parole. C'était plus fort que moi. Je la regardais. C'est tout. Je me méfiais tout le temps. Elle devait m'en vouloir aussi pour ça.

En y repensant maintenant, n'importe quoi finalement pouvait la mettre en colère contre moi.

Un jour, j'avais du mal avec le mot « yaourt ». Elle me le fit prononcer toute une journée jusqu'à ce que j'arrive à le dire correctement. Avec les baffes en prime.

Ou bien, une autre fois, elle m'obligea à ranger par paires un tas de chaussures en désordre devant moi. Bien sûr je me suis trompé. Alors, j'eus droit à une raclée.

Un jour, je ne sais plus pourquoi, je lançai un caillou en direction de mon frère, qui lui ouvrit le crâne ; il dut aller à l'hôpital.

Et moi je passai plusieurs jours à genoux, le nez contre le mur.

A cette époque-là, nous allions encore chez une nourrice. Elle avait des enfants. Entre autres une fille, qui nous connaissait bien puisque nous dormions de temps en temps chez elle. Un soir, je lui racontai ce qui se passait à la maison. Comment ma mère me traitait, les punitions, les coups, etc.

Evidemment, ma mère apprit par la nourrice tout ce que j'avais raconté. Et je fus définitivement privé de nourrice.

C'était un soir ou un matin, je ne sais plus. J'étais à genoux dans l'entrée. Pour une punition, sûrement. Ma mère s'agitait dans la maison. J'avais un pressentiment affreux. J'étais sûr que quelque chose de grave allait arriver. Je regardais la porte de la salle de bain. « Pourvu qu'elle me ramène chez la nourrice, pourvu que je sorte d'ici... » J'étais pétrifié de peur. Je respirais à peine. J'attendais.

Alors elle m'a empoigné. Elle m'a mis

dans la salle de bain et a refermé la porte à clé. Voilà. J'étais enfermé, seul, sans lumière. Pour combien de temps ? J'avais quatre ans et demi.

A partir de ce moment-là, je n'ai plus bougé de la salle de bain. J'étais livré, pieds et poings liés, à ma mère.

Personne mieux que moi ne peut connaître ma mère. Ni mon beau-père. Ni mon frère.

C'est moi qui l'ai approchée le plus près, qui la connais de l'intérieur, sous tous ses aspects.

Parfois je me demande si je n'ai pas rêvé. Si tout cela n'a pas été un énorme cauchemar ?...

Je sais bien que non...

A partir du moment où je ne suis plus allé chez la nourrice, je passais presque tout mon temps attaché au tuyau de la salle de bain, entre le lavabo, les wc et la baignoire.

Le sol était, comme dans tout le reste de l'appartement, en carrelage noir et blanc, froid ; les murs en faïence bleu ciel, je me souviens.

Il y avait une fenêtre dans cette salle de bain, d'où je pouvais apercevoir, quand les volets étaient ouverts, ce qui était rare, le ciel et les stores de l'immeuble d'en face.

J'étais le plus souvent attaché, la tête tournée vers le mur, avec une chaîne autour de la taille, reliée à une laisse de chien ou à une autre chaîne, elle-même enroulée autour du tuyau qui courait dans le bas du mur de la salle de bain.

La chaîne me cisaillait la taille dès que je bougeais ou que je voulais m'allonger. J'en ai gardé des cicatrices bizarres.

Elle m'avait enfermé là et attaché, en bouclant toutes les ouvertures autour de moi : les volets étaient cadenassés et, comme la porte n'avait pas de serrure, elle avait inventé un système de clous et de lacets qui la maintenait fermée de l'extérieur.

Les jours succédaient aux nuits, tous pareils, ponctués seulement par ses crises de folie.

Le soir, après leur dîner, elle m'apportait à manger dans une gamelle qu'elle posait sur le rebord de la baignoire. C'était soit une casserole, soit un bol, sans fourchette ni couteau, juste une cuillère. Avec les restes de leur repas, mélanges sans couleur et souvent d'un goût infâme.

Le matin, j'avais droit à un bol de café au lait avec du pain dedans, ou de la soupe, qu'elle me laissait avant d'aller travailler.

Pour la journée, j'avais des oranges ou des pommes. De temps en temps, un peu de fromage. Parfois, rien. Quand ils partaient, ils fermaient l'eau. Si j'avais soif, je buvais ce qui restait dans les robinets. Quand il n'y avait plus une goutte, j'allais chercher l'eau dans les wc ; en tirant sur ma chaîne, j'y arrivais.

Quand ils partaient des week-ends entiers, je le savais parce qu'elle me détachait et me laissait un peu plus de nourriture ; je restais seulement enfermé dans la salle de bain.

Une fois où ils étaient partis comme ça, je me souviens de m'être mis à taper dans la porte et à crier de toutes mes forces : « Je suis enfermé dans la salle de bain... Les volets et la porte sont fermés à clé... » Puis j'écoutai si quelqu'un venait. Rien. Aucune réaction. Je recommençai le manège plusieurs fois. J'avais l'impression de me battre dans le vide. J'ai laissé tomber. Je ne sais pas si quelqu'un avait entendu mais en tout cas personne n'est venu. Je retournai au silence. Abandonné. C'est long un week-end. Je me débrouillai avec ce qu'elle m'avait laissé à manger.

Parfois, quand ils invitaient des amis, j'avais le droit de sortir de ma salle de bain. Il y avait du monde et tout se passait bien. C'était une occasion de faire du bruit. J'avais une grosse voix et la mère ou le beau-père me disaient : « Tais-toi, fais moins de bruit. » Leurs amis ne me regardaient pas particulièrement. Tout se passait normalement. Je jouais avec mon frère. C'était des parenthèses.

Mon frère allait à l'école et rentrait le soir avec la mère ou le beau-père. Il était gardé après l'école. Je n'avais pas beaucoup de contacts avec lui à cette époque.

Il y avait aussi la petite chienne Jessy. La seule qui ne me faisait pas de mal. Avec qui j'avais en cachette, furtivement, des échanges agréables, mais très rares. C'était une petite teckel, qui était surtout la chienne du beau-père. Elle venait faire pipi dans la salle de bain, de temps en temps. Parfois, j'arrivais à la caresser.

Plus tard, elle allait rester avec moi dans la chambre, sur le lit. On deviendra amis. J'avais de la tendresse pour elle. C'était mes seuls liens d'amitié. Elle viendra avec moi, au foyer, après mon évasion.

Je suivais le temps de leur vie sans la vivre.

Je connaissais tous leurs gestes. Je me repérais aux bruits qu'ils faisaient dans l'appartement. J'entendais tout.

Ils venaient se laver à tour de rôle. Ma mère prenait des bains ; le beau-père aussi. J'évitais de les regarder. Peut-être qu'à certains moments cela m'a intrigué, intéressé même ; mais la plupart du temps je restais immobile, la tête tournée vers le mur, attendant qu'ils sortent de la salle de bain. Du moment qu'ils me laissaient tranquille, qu'ils oubliaient ma présence, cela m'était égal qu'ils se baladent tout nus sous mon nez. J'étais encore petit à cette époque, cinq ans, six ans peut-être ?

Une fois, pourtant, j'ai un très mauvais souvenir de leur passage dans cette salle de bain. J'étais sans doute plus grand et tout ne devait pas être si simple dans ma tête. Ils devaient être encore amoureux à ce moment-là. Elle est venue se laver les cheveux, je me souviens très bien. Lui est arrivé dans la salle de bain, ils ont commencé à se sauter dessus, comme si je n'existais pas, comme si je n'étais qu'un animal qui ne comprenait rien. Je ne peux pas expliquer mais je me suis senti très mal.

Pour me laver, elle me détachait. Elle me lavait toujours à l'eau froide. Jamais d'eau chaude pour moi. Même plus tard, à Brétigny, alors que j'étais déjà grand, je ne me lavais jamais tout seul.

Je vivais avec le minimum sur le dos. Un

slip, un maillot de corps ; quelquefois, un pantalon ; et, quand il faisait vraiment froid, un pull. C'est tout. Elle me changeait mes affaires assez souvent.

Un qui avait de la chance, c'était mon frère. Il prenait un bain chaud tous les jours. Avec de la mousse. Il trempait dans l'eau, des heures, avec ses jouets — enfin, cela me paraissait un temps infiniment long !

J'étais à côté de la baignoire, attaché à mon tuyau, et lui trônait comme un prince dans sa mousse, indifférent, en tout cas, en apparence. Il ne me parlait pas. Moi, encore moins. La mère n'était pas loin. On avait peur de représailles éventuelles.

Le soir, je les entendais regarder la télévision très tard. Mon frère était couché. Souvent le beau-père allait se coucher avant ma mère.

Et la nuit arrivait.

Et la terreur s'installait.

C'était la nuit surtout qu'elle me massacrait, qu'elle me passait à tabac. Elle entrait dans de véritables crises de folie. Elle fermait toutes les portes : celle de sa chambre, du salon, et celle de la salle de bain. Elle s'enfermait avec moi. Et là, elle inventait au fur et à mesure que sa fureur augmentait.

Il a souvent été question d'eau. Ou de feu.

J'ai eu peur de mourir, de mourir noyé dans la baignoire.

Elle remplissait la baignoire d'eau froide, m'attachait les mains, me prenait par les pieds et me plongeait la tête la première en me maintenant sous l'eau un temps infini. Je devais être bon en apnée...

D'autres fois, elle m'accrochait à la poignée des wc, par les pieds, la tête dans la cuvette, et elle tirait la chasse d'eau.

Sa fureur décuplait quand je m'accrochais de toutes mes forces au tuyau de la salle de bain pour qu'elle ne puisse pas me prendre.

Et je crois que j'avais beaucoup de forces à ce moment-là pour lui résister.

J'avais les cheveux longs. Avec son briquet, elle me les brûlait. Elle allumait, elle éteignait ; on aurait dit que c'était comme un jeu pour elle. Ou bien elle versait de l'alcool à brûler sur le sol à côté de moi et y mettait le feu.

Une fois, elle aspergea tous mes habits d'eau de Javel et j'eus les yeux brûlés.

Souvent, après ces nuits de massacre, elle m'attachait les mains derrière le dos, avec de la ficelle très serrée, juste avant de partir travailler ; et je restais attaché comme ça toute la journée, jusqu'au retour du beau-père qui me détachait. Les marques des ficelles étaient si profondes qu'elles me brûlaient.

Les nuits où elle me laissait tranquille, je dormais allongé par terre ou, quand la chaîne était attachée trop serrée, je m'appuyais sur le rebord de la baignoire.

Un jour, elle me brûla les mains. Je devais avoir entre quatre et cinq ans. J'étais enfermé déjà depuis longtemps. Enfin, dans mon souvenir cela faisait déjà un long moment.

J'étais sous le lavabo, comme d'habitude. Elle me tend une pomme en me disant : « Tu la manges en vitesse, tu as intérêt à l'avoir finie quand je reviens. »

Je croquais cette pomme, doucement. J'avais toujours du mal à avaler.

Je l'entendis revenir et je n'avais pas fini. Je mis tout ce qui me restait dans la bouche en essayant de l'avaler le plus vite possible. Je m'étouffais. Alors elle entra dans une grande colère. Elle fit couler de l'eau bouillante dans le bidet. Elle m'attrapa, me mit une serviette sur la tête pour étouffer les cris, me coinça entre ses jambes et plongea mes mains dans l'eau.

J'ai senti des picotements, l'impression d'avoir de l'électricité au bout des doigts. J'ai dû résister mais elle était plus forte que moi, évidemment.

« Pourvu que ça passe vite... » Au début, j'ai pu retirer la main gauche ; la main droite y est restée. Elle me les maintenait dans l'eau. Quand elle m'a lâché, j'avais les mains écarlates.

Le soir, je ne sais pas ce qu'elle a raconté

au beau-père. J'avais les mains brûlées au troisième degré. Ils m'ont soigné avec de la biogaze, un enfer ! J'avais la peau à vif. Mais je ne criais pas quand elle me soignait ; elle me faisait trop peur.

Beaucoup plus tard, ils m'ont emmené à l'hôpital pour une greffe. J'avais des peaux qui s'étaient formées entre les doigts, un peu comme si j'avais des mains palmées. Mais c'était trop compliqué de me greffer une peau neuve. Il fallait me prélever de la peau dans le dos. J'étais sans doute trop jeune.

J'ai un bon souvenir de ce passage à l'hôpital. Je me promenais dans les couloirs. J'avais un beau pyjama, très doux. Les infirmières me dorlotaient. Elles disaient que j'étais beau gosse. Personne ne pouvait deviner mon autre vie.

Une fois, j'eus la visite d'un monsieur barbu, peut-être un éducateur, je ne sais pas. Il était très gentil. On a discuté de voitures et d'autres choses. De banalités. J'étais plutôt de bonne humeur, en bonne santé, content d'être là. Il ne pouvait pas imaginer, ce monsieur en face de moi, ce qui se passait à la maison.

J'avais beaucoup trop peur qu'on ne me croie pas. J'avais honte aussi, sûrement. Peut-être, même, les adultes auraient-ils été solidaires entre eux. Bref, je me taisais.

Il s'est passé quelque chose d'étrange à ce moment-là : on continuait à discuter ; j'avais rempli d'eau le lavabo et plongé ma serviette de toilette dedans. Il m'avait regardé, étonné. Il devait se dire que j'étais subitement devenu fou. Maintenant que je le raconte, je peux lier ce geste à mes mains brûlées. Elles avaient été brûlées par de l'eau bouillante et mes cris, étouffés par une serviette. Je voulais lui dire quelque chose, à ce barbu !

Puis, un jour, mon beau-père est venu me chercher et je suis retourné dans la salle de bain et dans le silence.

« Tu ne parles jamais », me reprochait-il. C'est vrai, je ne disais rien. Mais de quoi aurais-je bien pu leur parler ?

Mes mains sont devenues un handicap mental pour moi. Même si j'ai un peu digéré ce que j'ai longtemps considéré comme une infirmité.

Heureusement que j'étais petit, la douleur était moins grave.

Plus tard, à l'école, cela m'a posé beaucoup de problèmes. En dehors du fait que j'étais le plus âgé de la classe, ce qui était déjà difficile à vivre ! On jouait à la ronde et je voyais bien que personne ne se battait pour être à côté de moi. Ils m'évitaient. Et quand enfin on ne pouvait pas faire autrement, ils ne me donnaient pas la main mais me tenaient le poignet. Cela me gênait. J'avais encore plus le sentiment d'être différent. Je ne sais pas si le professeur s'en apercevait. Mais moi, j'étais très malheureux.

Un jour, je me promenais avec le foyer de mon frère, dans Paris. Un éducateur m'a complètement cassé. Je ne sortais jamais les mains des poches de mon manteau. On était au café. L'éducateur me dit assez fort :

« David, sors tes mains de tes poches. » J'étais très embêté : j'avais l'impression que tout le café me regardait. Pourtant, il avait raison, cet éducateur. Je les ai sorties très lentement, et rien ne s'est passé.

Maintenant que je suis adulte, cela ne me fait plus rien. Je suis habitué. Je n'y pense plus, sauf à certains moments, dans les transports en commun, par exemple. Je sens encore des regards mais, au fond, je me suis habitué à ces regards-là.

Mais si cela était possible, un jour, j'aimerais quand même essayer de me faire faire une greffe sur les deux mains. Dans une autre tranche de vie, peut-être !...

Au fond de ma salle de bain, je crois que je n'imaginais rien. Je veux dire que dans ma tête les images se formaient avec ce que j'entendais, ce que je voyais et les souvenirs des nourrices. C'est tout. Je ne pouvais pas avoir de représentation du monde extérieur, ni de ses complications. Mes images naissaient des bruits, ou des lumières différentes. Par exemple, quand il faisait beau et si la fenêtre et les volets étaient entrouverts, le reflet du ciel bleu arrivait dans la glace de la salle de bain. Je voyais les stores, les balcons sur les bâtiments d'en face. Ce qui me faisait penser à la vieille dame au bord de la mer et aux bateaux. Je pense tout de suite à la mer dès qu'il y a un peu de bleu dans le ciel.

Même sans imagination, mes pensées défilaient. Ces pensées, ces rêves m'ont aidé à survivre. J'ai un peu perdu cette pensée depuis que je suis sorti. Dans la vie, il y a tant de choses à faire. J'ai moins de temps pour penser.

Ma vie se limitait au mur, au tuyau de la salle de bain, à ma chaîne, à la présence ou à l'absence de ma mère... Mais j'écoutais beaucoup, en permanence, tous les bruits, dehors : les conversations qui montaient du bas de l'immeuble, celles de la famille dans l'appartement. Les cris des enfants dans la cour de récréation, juste en dessous ; je jouais avec eux ; je les entendais rentrer de l'école. J'écoutais les voitures qui passaient ; je voyais les ombres sur les volets. Tout cela me faisait vivre. Un peu comme si je participais à la vie des autres, à l'extérieur.

Quand mon frère rentrait de l'école, il ramenait parfois un ou deux copains ; je les entendais jouer dans la chambre ou le salon.

Plus tard, quand j'aurai été chez ma grand-mère, les images de la vie avec elle me réconforteront : celles-là, au moins, avaient existé !

A travers cette porte de salle de bain, au fond, je savais tout ce qui se passait. L'écoute, c'était la survivance. Ce sont les mots qui restent.

Je ne me souviens pas d'avoir été vraiment malade. Au fond, je devais avoir une santé de fer.

Un jour, elle me fit avaler des pelures d'oranges et j'eus si mal au ventre ! J'avais caché les pelures derrière les wc pour jouer avec et les transformer en petites voitures sur le bord de la baignoire. Ma mère me prit en flagrant délit de jeu. Je fus contraint d'avaler mes jouets.

J'ai souffert de migraines terribles : j'avais eu une dent de devant cassée par un coup de pomme de douche. Je ne sais plus ce qui avait provoqué ce coup. Mais, depuis, j'avais en permanence très mal à la tête. Et puis un jour, ce mal de tête a disparu, tout seul.

Maintenant, je résiste bien, je tombe rarement malade, et en tout cas je me soigne tout seul ; ça passe très vite. Je suis habitué, rodé...

Les douleurs physiques s'oublient vite. Elle a toujours essayé de me faire mal, très mal, un vrai bourreau. Ma douleur à moi est morale.

Il y a des souvenirs difficiles à supporter : à Noël, par exemple. Je les entendais derrière la porte. Ils faisaient la fête. Mon frère recevait des cadeaux, beaucoup de cadeaux. Je n'avais droit à rien, sauf de les écouter depuis la salle de bain. Mon frère était l'enfant choyé ; moi, une bête. Et encore une bête est mieux traitée.

J'avais le sentiment d'une terrible injustice par rapport à mon frère. Pourquoi moi ? Moi, tout seul, dans cette situation ?

Cette rage qu'elle passait sur moi... J'étais comme un punching-ball pour elle.

En y repensant, maintenant, notre relation avait quelque chose d'animal, de bestial même. C'était une histoire de fauves. Un langage de fauves. On ne se parlait jamais. Si elle m'adressait la parole, je ne répondais pas.

Quand une journée commençait, je ne

savais jamais ce qui m'attendait. Il arrivait qu'elle rentre plus tôt de son travail. Elle était là dès le début de l'après-midi. Elle était seule avec moi. Comme pour la nuit... Les choses pouvaient se passer, à ce moment-là, de façon identique.

Mes jambes tremblaient dès que j'entendais le son de sa voix ou que je sentais sa présence dans l'appartement. Je finissais par avoir peur tout le temps. Quand elle n'était pas là, je me reposais. Quand elle revenait, j'étais en état d'alerte. Je mettais toute mon énergie à résister.

Elle avait souvent à la main une baguette en bambou, qui surgissait de je ne sais où. Elle s'approchait de moi, en me disant de me taire : « Je ne veux pas t'entendre, sinon je continue. » Et elle me battait à mort.

Une fois, j'avais caché les pépins d'une pomme derrière les wc. Sans doute pour jouer avec plus tard. Quand elle s'en aperçut, elle se mit dans une telle colère qu'elle prit sa chaussure à talon aiguille, la droite, je m'en souviens, et qu'elle m'ouvrit le crâne.

Elle s'acharna sur moi avec une telle violence que je saignais comme un bœuf. Je crois qu'elle a eu très peur ce jour-là.

Quand je l'entendais arriver, j'attrapais le tuyau de la salle de bain et m'y cramponnais de toutes mes forces. Elle avait du mal à me le faire lâcher. Cela augmentait sa rage. Alors, elle me prenait par le cou et serrait. A m'étrangler. Je voyais des bulles blanches devant les yeux. A ces moments-là, il y avait le chantage : « Je ne te ferai rien si tu lâches le tuyau. »

Un autre endroit où je pouvais me cramponner, c'était le meuble en chêne dans l'entrée. Il arrivait qu'elle me détache. Je me retrouvais parfois dans l'entrée, presque sous le meuble. Je me souviens d'un grand couteau de cuisine près de mon visage. Je serrais les dents. J'étais accroché au meuble, terrorisé. J'ai eu l'impression qu'elle pouvait me tuer ; que si j'ouvrais la bouche, quelque chose de grave allait arriver.

Je ne peux plus dire, maintenant, à propos de quoi elle avait sorti son couteau de cuisine.

Les humiliations, les tortures qui faisaient partie du quotidien concernaient la nourriture. Elle me faisait ravaler ce que je vomissais par écœurement de la bouffe infecte qu'elle me forçait à ingurgiter.

A certains moments, je rêvais de lui faire payer. Je me disais : « Si je sors d'ici, je la lyncherai. »

Je ne sais pas pourquoi elle m'a fait tout cela. Mais moi, petit garçon, dans tous ses accès de fureur, j'ai vu sur son visage qu'elle était folle.

Pourtant, dans toute cette horreur, je me souviens d'une parenthèse. D'une bonne parenthèse. Cela me paraît si loin. Je ne sais pas ce qui s'est déroulé exactement pendant la journée ; mais je me rappelle ce petit détail : ce jour-là, j'étais sorti avec ma mère. J'étais assez petit et enfermé depuis longtemps déjà.

Le beau-père devait recevoir des amis à lui et elle n'avait sans doute pas envie de les voir, en tout cas pas envie d'être là.

Elle ne savait pas où me mettre. On est descendus dans les caves. On tournait en rond. Elle disait qu'elle allait peut-être me laisser dans une cave. Alors là, j'ai refusé tout net. Peut-être assez fermement. Mais en tout cas, elle m'emmena avec elle. On s'est promenés toute la journée.

A un moment, elle m'a même demandé si je voulais aller voir quelqu'un, un monsieur je crois ; je n'ai pas compris. C'était peut-être un copain à elle. J'ai refusé. On est allés boire un coup dans un bar. Puis on a continué à se balader. J'étais tellement étonné qu'elle se promène avec moi !... Et là, j'ai parlé. Je n'arrêtais pas de parler. Je me souviens : c'était le soir, juste avant qu'on rentre. Je parlais de tout ce que je voyais : les avions dans le ciel, les voitures... je racontais des histoires. J'étais à l'aise. Plus méfiant du tout. Je la faisais rire. Et elle riait vraiment.

Et puis la nuit est tombée. On est rentrés. Je suis retourné dans la salle de bain. Elle m'a amené des carottes râpées dans un saladier ; il y en avait beaucoup ; j'ai pris mon temps. J'écoutais ce qu'elle racontait au beau-père qui était couché. Mon frère dormait déjà. Les invités étaient partis. Et moi, j'avais pris trop de temps pour manger ces carottes. Alors c'est reparti comme avant : et les coups qui pleuvaient, et sa colère soudaine...

L'enfant derrière la porte

C'était juste l'espace d'une journée. Un état de grâce... ? Je n'ai jamais su ce qu'il nous était arrivé ce jour-là.

A neuf ans, j'ai déménagé dans la chambre familiale. Je dis neuf ans maintenant. Mais à l'époque, je n'avais aucune idée de mon âge.

J'étais attaché à leur lit, juste à côté de l'armoire et de la table de nuit. Je ne sais pas pourquoi elle avait décidé de me changer de place. Peut-être étais-je trop grand pour rester dans la salle de bain ? C'était après les deux mois passés chez ma grand-mère, en tout cas.

J'étais souvent sous le lit. Ou parfois sur le lit, sous une couette. On ne me voyait pas. J'étais toujours attaché avec une chaîne. D'une certaine façon, c'était plus confortable que dans la salle de bain. La petite chienne Jessy me tenait compagnie. Elle dormait sur le lit toute la journée.

Ma mère me laissait un pot, mais m'interdisait de m'en servir quand elle n'était pas là.

Ce qui n'était pas simple ! J'étais terrorisé à l'idée de lui désobéir et, en même temps, j'avais besoin de m'en servir une fois ou deux dans la journée. Ce qui donnait lieu, quand elle rentrait le soir, à des scènes de fureur que je connaissais bien.

Par la fenêtre de la chambre, je voyais les branches d'un grand arbre, un chêne, je crois. Un immeuble, juste derrière, et les garages en dessous. J'entendais toujours les enfants crier et jouer, en bas.

Je vivais dans cette chambre.

Pendant la journée, j'avais la paix. Ils partaient au travail et mon frère, à l'école.

Quand il leur arrivait de recevoir des amis, ils me mettaient sous le lit.

Certaines nuits, elle me détachait, et je pouvais aller dormir dans l'entrée.

Mais d'autres soirs, après une scène de colère, elle me ligotait les mains derrière le dos, assez serré, me mettait à genoux au pied de leur lit, me tirait la tête en arrière en disant : « Maintenant, tu ne bouges plus ! » Et bien sûr, je n'osais pas faire un geste, de peur de prendre des coups ! Même quand ils dormaient, je ne bougeais pas. Ma tête tombait de fatigue ; je me réveillais en sursaut. Puis me rendormais. Je passais ainsi beaucoup de nuits à genoux, à les regarder dormir.

Parfois, elle me laissait attaché sous le lit. Ils ne se préoccupaient aucunement de ma présence. Et je les entendais faire l'amour au-dessus de ma tête. A ces moments-là, je n'étais plus rien. Je n'avais aucune existence. Annulé. Balayé. Une merde !...

Je crois que cela a été un des moments les plus durs, les plus douloureux à vivre.

Au cours d'une de ces journées où je m'ennuyais ferme, je fouillais ce qui était à portée de main. Notamment la table de nuit.

J'avais trouvé un livre — il était jaune et noir, je me souviens. En regardant les pages écrites auxquelles je ne comprenais rien, évidemment, je fis tomber une photo. C'était ma mère avec un type brun qui n'était pas le beau-père. Mais je me trouvais une ressemblance immédiate avec l'homme de la photo ; il tenait ma mère par le cou.

Qui était ce type ? J'étais troublé, en état de choc. Mais sans pouvoir me poser de réelles questions, puisque pour moi le beau-père était mon père. Je remis la photo à sa place et le livre sur la table de nuit.

Un souvenir flou refit surface, très légèrement : à une époque où je n'étais pas encore enfermé et où je regardais la télévision, j'entends ma mère dire : « Tiens, regarde, c'est papa qui chante ! » Je n'ai pas fait attention. Pour moi, papa, c'était le beau-père.

Tout cela tomba dans l'oubli le plus complet, jusqu'au jour où j'appris que je n'étais pas le fils du beau-père.

L'homme qui vivait avec ma mère aurait dû être mon père. Il était grand, avec des moustaches assez importantes. Je crois que c'était un bel homme. Mais c'était sans doute un personnage très faible. Sans beaucoup de courage, on pourrait dire.

Au début de leur vie commune, il devait

être très amoureux. Il ne voulait surtout pas déplaire à ma mère. Rester en dehors des problèmes. Alors il a laissé faire.

Pourtant, quand j'étais très petit, il jouait avec moi et mon frère ; il devait avoir envie que la vie se passe normalement.

A partir du moment où elle m'a bouclé dans la salle de bain, les choses se sont gâtées et il s'est lui-même laissé enfermer dans un cercle vicieux. Et comme elle était violente et qu'elle passait à l'acte surtout hors de sa présence ou quand il dormait... !

Cela ne devait pas être très confortable pour lui non plus. Il faisait ce qu'il pouvait. Peut-être était-il, lui aussi, terrorisé par sa femme ?...

Par exemple, certains dimanches, ma mère travaillait. Où ? Je ne sais pas. Dans un restaurant ? Caissière dans une grande surface ? Bref, un travail où elle devait aller le dimanche. Ces jours-là, le beau-père me détachait et me laissait sortir. Je mangeais à table avec lui et mon frère.

Avec une assiette, une fourchette et un couteau ! Je regardais la télévision avec eux et jouais avec mon frère.

Quand arrivait l'heure où ma mère devait rentrer, il me réinstallait dans la salle de bain pour éviter les représailles.

Il me parlait très peu. D'ailleurs moi non plus, je ne lui adressais pratiquement pas la parole. Nous avions des rapports silencieux.

A un moment, il a même essayé de convaincre ma mère de me mettre à l'école. Je l'ai entendu proposer cette éventualité. C'était au retour de chez ma grand-mère ; j'avais donc neuf ans. Mais ses efforts n'ont pas abouti. Il n'a pas réussi. Il s'est fait avoir, ou je ne sais quoi ; je ne suis pas allé à l'école.

Au fond, je pense qu'il voulait la paix, qu'elle le laisse tranquille. Chacun avait son enfant. Il avait mon frère et laissait ma mère se débrouiller avec moi. Il voulait sauver sa peau et celle de son fils.

Il avait un bon boulot ; dans le commercial, je crois.

Il lui arrivait d'avoir des petites amies. Je

le savais au ton que prenaient leurs discussions : ils s'engueulaient ferme ! Et aussi pour avoir vu ma mère sentir ses habits, relever des traces de parfum, de cheveux, fouiller ses poches, ses papiers... Je la regardais faire dans la salle de bain, méticuleusement ! C'était impressionnant !...

Certains jours, leur relation n'était pas de tout repos !

Ce n'est que plus tard, après mon évasion, que j'ai pu avoir des rapports normaux avec lui. J'allais le voir au tribunal, avant le procès. Les visites ne duraient jamais longtemps, mais on arrivait à parler assez librement. J'avais plutôt un bon contact avec lui. Je le voyais séparément de ma mère. D'ailleurs, ils avaient rompu dès leur arrivée en prison.

Après sa sortie, je suis allé le voir plusieurs fois chez lui. Du côté de Vendôme. Il s'était remis en ménage avec une autre femme. Mon frère vivait avec lui. Peut-être que j'attendais quelque chose de lui. Quelque chose qui ressemblerait à un père... Il est vrai que je communiquais mieux avec lui qu'avec ma mère. Il a cherché à savoir ce que je devenais. Je ne sais pas ce qu'il en est pour lui maintenant. Il y a longtemps qu'on ne s'est pas parlé.

Peut-être qu'il est possible de compter sur lui maintenant ?

De mon côté, tout est ouvert...

Je me souviens de la famille du beau-père. Ç'a été une occasion de sortir à l'air libre !

C'était l'été. J'avais autour de six ans.

Ils n'avaient trouvé personne pour me garder pendant les vacances. Donc ils avaient été obligés de m'emmener avec eux dans la famille du beau-père. Ils avaient d'abord loué une maison dans le Vaucluse avec une de ses sœurs. Il en avait beaucoup. Il faisait partie d'une famille très nombreuse.

On se baladait dans la montagne ; j'avais peur de tomber dans le vide ; plutôt peur que la mère me pousse, à vrai dire. Je dormais sous la tente avec eux. Mon frère, dans la maison.

Ensuite, on est partis chez les parents du beau-père, dans le Loir-et-Cher. Ils étaient tous très gentils dans cette famille-là. Et comme j'étais plutôt calme, tout se passait très bien.

J'oubliais un peu ma salle de bain. Je me taisais beaucoup. Je ne me faisais pas remarquer. J'étais un peu sur mes gardes, mais je profitais de cette liberté-là.

Un autre été, très important, fut celui des deux mois chez ma grand-mère. J'étais plus grand, déjà. J'avais autour de neuf ans. Ils n'avaient pas dû savoir où me mettre, encore une fois. Eux partaient en vacances de leur côté. Donc, j'ai atterri chez ma grand-mère, à la campagne.

Je me souviens du premier jour où je suis arrivé : j'étais complètement perdu. Dans un rêve. Je ne touchais pas terre. Debout près de la voiture, je croyais être encore au fond de mon trou. Je ne comprenais pas, je ne bougeais surtout pas puisque c'était sûrement un rêve qui allait s'arrêter... C'est là que mon frère est venu me chercher.

C'était une vraie ferme avec des poules, des lapins, des chiens, des chats et une chèvre. On emmenait la chèvre au champ et on ramassait les œufs. On s'occupait du jardin qui, dans mon souvenir, était grand.

C'était la découverte du monde, le paradis.

Ma grand-mère m'emmenait en balade sur son Solex. J'étais vraiment bien chez elle. Le matin, je me réveillais avec un rayon de soleil sur mon lit et le chant du coq.

Je lui disais que je voulais rester avec elle pour toujours, aller à l'école dans le village à côté de chez elle.

J'espérais de toutes mes forces qu'ils ne viendraient pas me chercher et que je resterais là. A certains moments, j'avais très envie de tout lui raconter mais j'avais peur qu'elle ne me croie pas ou qu'elle me prenne pour un fou.

Alors, pour mes mains, je lui ai menti.

Comme mes parents lui mentaient à propos de moi, de l'école, de ma vie...

Après cette tranche de paradis, l'été s'est fini et ils sont venus me chercher. Ce passage dans la liberté m'en avait donné le goût, et assez de forces pour la retrouver plus tard.

En rentrant du paradis de ma grand-mère, ma mère m'installa donc dans sa chambre, attaché à son lit.

C'est de là qu'un an plus tard, au cours de l'été, j'essayai de m'évader.

Je ne sais pas où je trouvai la force pour le faire. Mais ce fut vraiment une force phénoménale qui me poussa dehors.

J'étais attaché avec une laisse de chien en cuir vert à une chaîne fermée avec un cadenas et accrochée au lit. La fenêtre de la chambre était ouverte et ma mère, partie faire des courses.

J'avais trouvé un couteau dans la table de nuit. J'ai coupé le cuir de la laisse ; je crois que j'ai pris les draps, que je les ai suspendus à la rambarde de la fenêtre.

J'ai entendu la clé de la porte d'entrée ; je me suis laissé descendre jusqu'au deuxième étage — on habitait au troisième. J'ai sauté sur le toit du garage en dessous ; j'ai cassé des tuiles, ma jambe droite est passée au travers ; je suis tombé du toit ; j'avais le crâne ouvert et une entorse. J'ai couru en boitant, avec le sang qui coulait partout.

Un monsieur avec son chien m'a vu, a appelé un couple qui se promenait ; tous les trois m'ont emmené au commissariat de Neuilly-sur-Marne.

Là, on m'a demandé mon nom, où j'habitais : je ne savais rien. En tout cas je n'ai rien dit. Alors ils m'ont emmené à l'hôpital.

Je ne sais pas comment ma mère a été prévenue. Mais elle est venue le soir en m'apportant des petits soldats.

Je suis resté un mois à l'hôpital. Tout le mois d'août 1980. Il faisait beau. J'avais envie de partir à la mer. Ma chambre avait un balcon et une télévision, et il y avait une salle de jeux dans l'hôpital ; c'était vraiment le paradis.

Je me souviens, j'allais dans le bureau des infirmières et je téléphonais chez moi. Ma mère décrochait, j'écoutais sa voix et je raccrochais. C'était toujours elle qui répondait ; jamais le beau-père. Parfois elle était en colère. Je ne sais pas pourquoi je faisais cela : pour voir si elle était là ? pour entendre sa voix ? Comme si, à ce moment-là, j'avais un certain pouvoir ?...

Elle voulait peut-être me laisser définitivement là ?

A l'hôpital, on m'a demandé au bout d'un moment quand mes parents viendraient me chercher. Moi, je n'étais pas pressé. Je n'ai pas très bien suivi l'histoire. Tout devient flou.

Mais à la fin du mois d'août, ils sont venus pour m'emmener et je retournai dans ma prison.

J'ai toujours eu l'impression d'être né avec le malheur. Je l'avais derrière moi. Comme une ombre. Je le prévoyais. Je n'étais pas tranquille. J'étais sur un mauvais chemin. Comme une bête qui sent le danger. Sans le voir ni le connaître.

Déjà, chez la vieille nourrice, je savais que ma place n'était pas là et j'avais ce sentiment qu'il allait arriver quelque chose.

J'ai encore parfois cette impression d'avoir la catastrophe qui me court après, le mal qui me rattrape, mais aussi la sensation qu'au dernier moment j'arrive enfin à lui échapper !

Il y a eu beaucoup de souffrances pour tout le monde. L'avocat de ma mère m'a dit un jour : « Votre mère a beaucoup souffert. » Il était la deuxième personne à me le dire.

Et ma grand-mère ? Elle aussi n'a pas dû avoir une vie très drôle. Alors, j'ai cherché dans leurs vies...

Ma grand-mère va avoir soixante-seize ans. C'est une vieille dame et elle en a vu de toutes les couleurs ! Ce n'était pas évident pour elle d'avoir un jugement sur tout ce qui est arrivé. Elle a des cheveux blancs, coupés court. Maintenant, je suis plus grand qu'elle. Elle ressemble à la fois à moi et à ma mère. Elle était toujours habillée avec une blouse pour travailler. Elle m'aimait, je crois. J'ai toujours eu confiance en elle. C'est la personne de la famille que je sens le mieux.

Les témoignages, au procès, qui ont retracé sa vie, en ont dit beaucoup de mal. Mais je suis sûr que la vie n'était pas facile pour elle. C'était une vie sauvage. Elle a dû avoir du mal pour élever ses enfants.

Maintenant, elle a perdu une fille et gagné un petit-fils. Sa fille, elle l'avait déjà perdue quand ma mère était partie vivre sa vie à

Paris, vers l'âge de quatorze ans. Elles ne s'entendaient pas bien du tout.

Moi, à la place d'une mère qui n'en était pas une, j'ai gagné une « mère » grand-mère, parce que je la sens plus comme une mère que comme une grand-mère. Même si je ne la vois pas, je sais qu'elle existe.

Il y a trois ans, on s'est beaucoup disputés. Je ne sais plus quel était le contenu de la discussion. J'étais venu passer quelques jours de vacances chez elle. A un moment, elle m'a lancé : « De toute façon, tu n'es qu'un bâtard ! »

Ce fut comme un coup de poignard. Une offense terrible. J'ai essayé de lui répondre. Puis j'ai tout remballé, comme d'habitude. Je n'ai rien dit.

Je suis resté avec ma colère à l'intérieur de moi. Souterraine.

Je lui en voulais profondément. La seule personne de la famille qui disait m'aimer et qui me disait une chose pareille !... J'étais rejeté. Triste. Très malheureux... Je ne suis plus retourné la voir depuis.

Puis le temps m'a aidé à comprendre, et peut-être aussi l'histoire que je reconstitue petit à petit.. J'ai l'impression qu'elle s'adressait à quelqu'un d'autre que moi. A sa fille, par exemple.

Ce qu'elle ne pouvait plus lui dire, elle me le disait à moi ! Elle traitait aussi ma mère de bâtarde. Son histoire avec sa fille était la même que celle de ma mère avec moi : nous étions tous les deux sans père. Ma grand-mère en voulait sûrement à sa fille. Elle pouvait difficilement l'aimer. Et ma mère a répété la même situation en me faisant bâtard. Elle ne peut donc pas la juger.

Elles sont toutes les deux aussi entêtées. Tout en étant complètement différentes : ma grand-mère est une paysanne. Ma mère est une petite bourgeoise, maniaque de la propreté, qui n'aimait pas mettre ses pieds dans la boue. Mais elles sont chefs de famille toutes les deux ! Et moi, je suis au milieu du lac ! Entre elles deux. Une de chaque côté. C'est la sensation que j'ai maintenant.

Il faudrait aujourd'hui qu'il n'y ait plus de méfiance entre ma grand-mère et moi, et qu'on puisse se reparler tranquillement.

Je crois que je ne suis plus fâché.

On a déménagé à Brétigny en juillet 1981. L'année qui a suivi ma tentative d'évasion.

Elle ne devait pas se sentir très tranquille en restant à Neuilly-sur-Marne. D'autre part, elle avait donné le nom de mon frère à l'hôpital. J'avais été soigné sous un faux nom !

Par ailleurs, je le saurais plus tard, ils avaient trouvé un nouveau travail dans la banlieue sud : lui était directeur d'une petite surface, et elle chef-caissière, quelque chose comme ça. Bref, question ascension sociale, ça allait bien pour eux !

Je ne savais pas très bien ce qui se préparait. Il y avait beaucoup d'agitation dans la maison. Le déménagement s'est fait très vite.

Ils avaient loué une camionnette. Elle m'a fait sortir de la maison, très vite, comme un voleur, et fait monter dans la voiture, derrière, sous des couvertures. Mon frère était sur ses genoux, le beau-père conduisait. Je venais d'avoir onze ans, mon frère, dix.

L'appartement de Brétigny était beaucoup plus grand. On entrait directement dans un couloir assez large. La cuisine, en face de la porte, était grande et claire. En continuant le couloir, le salon était à droite, avec une double fenêtre. Puis la salle de bain, sur la gauche, et tout de suite après, la chambre des parents. En face, la chambre de mon frère ; et, coincé entre les deux chambres, au bout de l'appartement et du couloir, mon placard.

Elle m'y a fait entrer, immédiatement, en arrivant. Sans un mot. Sans un moment de répit pour souffler.

Le placard mesurait deux mètres sur un mètre soixante-dix. Je l'ai lu dans le dossier, plus tard. Avec des étagères sur un côté.

Ils ont rangé leurs affaires. Ils se sont installés.

Elle m'a amené un seau — il n'était pas

question pour moi d'aller dans les wc qui étaient attenants à la salle de bain, dans le couloir ; c'était trop loin — et un matelas en mousse, qu'elle a posé sur les étagères. Puis elle a fermé la porte du placard à double tour. J'étais à nouveau enfermé.

Et là a commencé une autre catégorie de souffrances. Ce n'était plus les coups, mais l'oubli, l'abandon total. Quand j'y repense maintenant, il vaut peut-être mieux prendre des coups que de rester seul, en silence, dans le noir. Je n'avais plus aucune vue sur rien. Pas une lueur ne parvenait à travers la porte. Le noir complet.

Au début, elle m'amenait une gamelle, assez régulièrement. Je veux dire le soir et le matin. Puis, petit à petit, ce fut n'importe quand, et en sautant des jours.

Elle m'oubliait au fond de mon cachot. Je n'existais plus. J'étais rayé. Fini. Je pouvais rester plusieurs jours sans manger ni boire. J'essayais de garder mon calme, de ne pas m'énerver. Je sentais que ça bouillonnait à l'intérieur. Alors je m'allongeais et je restais dans le noir, sans bouger. Sans crier. Pour économiser mes forces.

Je ne voulais pas lui montrer ma faiblesse, ma trouille. Tout se passait dans ma tête, en silence.

Je ne voulais rien lui demander. Quand elle m'amenait à manger, j'aurais voulu refuser mais le courage me manquait. J'avais faim. J'avais le vertige dès que je me relevais. Chauffé à blanc, j'étais à demi mort.

Ces grèves de la faim pouvaient durer jusqu'à quatre jours. A chaque fois, je pensais que j'allais mourir. Elle arrivait alors avec une assiette de soupe ou d'autres choses, assez indéfinissables, ou parfois un bol de café au lait, qu'elle me posait par terre. Je ne me souviens plus du goût de ces gamelles. Et, malgré moi, je me jetais dessus et je mangeais comme un rapace.

Je pense maintenant qu'à Brétigny elle aurait pu m'achever.

Une fois, ils sont partis une semaine.

J'ai deviné que le temps allait être plus long que d'habitude. En touchant dans le noir ce qu'elle m'avait laissé à manger, il y en avait plus que la normale : du fromage, des fruits, une bouteille d'eau, du pain et je ne sais quoi d'autre. De toute façon, il n'y avait pas de quoi s'étouffer ! Une semaine, absolument seul, dans le noir, c'est long. Terriblement long. J'ai géré ma nourriture comme j'ai pu, au toucher.

Ce qui était gênant aussi, c'était les odeurs. Mon seau commençait à sentir mauvais. En plus, je ne savais absolument pas combien de temps j'allais rester seul. Je peux dire une semaine maintenant, après coup.

Au fil du temps, la vie s'est « organisée ». La nuit, je m'allongeais sur le matelas en mousse. Il y avait assez de place. De temps en temps, elle m'emmenait dans la salle de bain pour me laver. Je me suis habitué à me repérer à l'oreille, au toucher et aux odeurs. Encore maintenant, je peux très bien vivre dans le noir, comme un aveugle. J'ai seulement besoin de lunettes pour lire ou regarder un film.

J'entendais tout. Je savais tout ce qui se

passait dans l'appartement. J'étais sans cesse aux aguets. Je connaissais le pas de ma mère quand elle rentrait. Je savais où elle cachait la clé de la porte du placard, simplement au bruit qu'elle faisait en tombant dans le pot sur une étagère de la salle de bain.

Ce qui était bien utile certains mercredis. Mon frère n'allait pas à l'école et était souvent là le mercredi après-midi. La mère était à son travail. Alors, mon frère m'ouvrait la porte. On s'installait dans la cuisine et on mangeait. On allumait même la télévision. On se parlait peu. Même avec lui, il y avait le silence.

Quand arrivait l'heure où ma mère rentrait, je regagnais mon placard. C'était de petites fenêtres sur l'extérieur où la vie devenait possible, qui me faisaient supporter le reste, sans mourir.

Quand mon frère ne trouvait pas la clé tout de suite, je lui donnais des indications à travers la porte, parce que j'avais entendu ma mère la poser ici ou là. Parce que, évidemment, elle changeait d'endroit selon son humeur. Mais quand la clé était vraiment introuvable, il me passait des petits livres sous la porte ; j'arrivais à lire, ou plutôt à distinguer les images avec le peu de lumière qui arrivait jusqu'au placard, dans la journée.

Un de ces mercredis, on mangeait dans la cuisine. On entend soudain la porte d'entrée s'ouvrir. Pris de panique, je me précipite dans l'armoire où mon beau-père rangeait ses affaires, c'est-à-dire dans la chambre de mon frère, à l'autre bout du couloir par rapport à la cuisine. J'aurais pu aller directement dans mon placard. Mais non. Je ne sais pas pourquoi j'ai préféré l'armoire. Bref, j'étais plié en quatre sous les manteaux. Le cœur qui battait à cent à l'heure. J'avais l'impression qu'on n'entendait que lui. Et justement le beau-père vient chercher quelque chose dans cette armoire. Je l'entends qui arrive, qui regarde ; il s'éloigne puis il revient. J'étais transformé en statue. Finalement, il referme la porte de l'armoire en poussant un immense soupir. Puis le claquement de la porte d'entrée. Je n'ai même pas entendu ce qu'il a dit à mon frère. Il m'avait sûrement vu. Il était même sûrement venu exprès ouvrir la porte de l'armoire. Il m'avait entendu m'y cacher. Mon frère non plus n'en menait pas large.

Le soir, le beau-père n'a rien dit à la mère. Elle m'aurait tué probablement. On a continué les après-midi du mercredi, un peu moins souvent et en faisant plus attention.

Je pensais à la mort. Sans images, vraiment. Sans représentation. Simplement comme une disparition. Un soir, ma mère est venue me dire, dans mon placard, que le mari de la dame du dessus venait de mourir. « Ne fais pas de bêtises, pas de bruit, il y a un monsieur qui est mort au-dessus. » J'étais très impressionné. Cette mort m'a travaillé toute la nuit. Et si cela m'arrivait à moi aussi ? Si je mourais là, tout seul, sans que personne ne le sache, au fond de mon placard ? Je passais par des moments de très grande angoisse, sans savoir exactement ce qui m'arrivait.

J'avais une autre terreur : le feu ou une

fuite de gaz. A Neuilly, du temps de la chambre sous le lit, il y avait eu les pompiers. Ils avaient défoncé les portes pour éteindre un feu, sûrement. Il y avait un bruit, une agitation inhabituelle dans l'immeuble. Et moi, attaché au lit, qui ne comprenais rien. Si ce n'est qu'il n'y avait plus personne dans l'appartement. Tout le monde était descendu dans la rue, y compris ma mère. Elle m'avait laissé.

C'était une fuite de gaz dans l'appartement voisin. Quand j'ai compris ce qui s'était passé, j'ai eu très peur, rétrospectivement.

Donc, à Brétigny, j'étais sur mes gardes. J'avais pris l'habitude de renifler sans arrêt, surtout quand j'étais seul dans l'appartement.

L'idée d'une catastrophe de ce genre m'obsédait.

Un jour, ma mère a oublié une casserole sur le feu, toute une journée. J'étais terrifié. L'odeur de brûlé m'arrivait dans les narines. Je ne pouvais rien faire. Et, évidemment, c'était un jour où personne ne rentrait avant le soir. Je me souviens de la colère du beau-père quand il est rentré ! Je les entendais crier tous les deux. Je ne me sentais pas à l'abri et continuais à renifler au fond de mon trou.

Les jours ressemblaient aux nuits. Les journées défilaient, à regarder par la serrure le peu de lumière qui y passait, à regarder le jour s'éteindre... A attendre leur retour, à guetter les nouveaux bruits...

Je savais à peu près l'heure du retour de mon frère de l'école. Mais, souvent, il rentrait jouer avec des copains et m'ignorait complètement. Je les entendais bavarder et s'amuser dans la chambre, à côté. Finalement, nous ne nous voyions, mon frère et moi, que le mercredi.

Le beau-père rentrait parfois déjeuner. Il allumait la radio, dans la cuisine. J'espérais toujours qu'il ouvrirait les portes ; en tout cas, celle de la cuisine. Et que je profiterais de sa présence et d'un peu de lumière. Mais non. Il s'enfermait dans la cuisine, de son côté, tout seul. Il mangeait. Puis il repartait en éteignant la radio. Tout se refermait sur le silence. Et je me retrouvais dans un noir encore plus noir.

Je ressentais à ces moments-là une tristesse infinie.

Je suis resté un an dans le noir. Je n'aurais pas pu supporter plus longtemps la vie comme ça. Ce temps dans le placard a été beaucoup plus dur, plus terrible que celui de la salle de bain ou de la chambre à coucher.

Il y avait la nuit sans interruption. Sans limites. Avec le sentiment d'être oublié, abandonné du monde entier. Le noir, c'est la mort.

J'ai toujours beaucoup pensé dans le noir. Peut-être pour éviter de mourir... Heureusement, j'avais les images de la ferme de ma grand-mère que je me repassais comme un film, avec dans l'idée que j'y retournerais un jour. Et puis celles de la mer, toujours... Mais du monde, je ne savais rien. J'étais comme un animal.

Encore maintenant, la nuit me ramène au placard et j'ai de sales images qui reviennent... Je ne peux pas m'endormir sans lumière. Sinon, les vieilles pensées remontent... Je vois arriver des images terribles...

La lumière, c'est ma sécurité. Elle me laisse le temps d'organiser mes pensées. Je peux écouter de la musique ou lire. C'est l'apaisement. Une toute petite lumière suffit pour m'accompagner quand je m'endors. Mais dans le noir, la peur revient. Et l'angoisse avec elle. Surtout quand je suis seul.

Même si je n'avais aucune idée du monde extérieur, j'ai beaucoup rêvé.

Je m'imaginais allant à l'école, apprenant à lire et à écrire. Tout me paraissait facile, à l'extérieur de ce placard. La vie était sûrement belle, dehors !

Comme ils écoutaient souvent la radio, toujours la même station, d'ailleurs, je me laissais bercer par la musique qui m'arrivait aux oreilles.

Cette nuit a duré un an. L'ambiance devenait de plus en plus chaude dans cet appartement. Je les entendais crier sans arrêt. Cela allait très mal entre eux manifestement.

Un soir, ma mère avait invité des amies. Je ne sais plus si le beau-père était là aussi. Toujours est-il que je les ai entendues discuter tard dans la nuit et qu'une de ses copines est restée dormir. Le lendemain matin, elles sont parties, pressées, au travail. Ma mère est remontée ; elle a dû m'apporter quelque chose dans mon placard mais, dans la tourmente, elle a oublié de refermer ma porte à clé.

Elle était partie. J'étais tout seul, ma porte ouverte. Je ne sais pas si, au bout du compte, elle ne l'a pas fait exprès ?

J'espérais depuis longtemps qu'elle oublie de fermer cette porte à clé, un jour. Pourtant, quand c'est arrivé, j'ai hésité à partir tout de suite.

Je n'arrivais pas à m'en aller. Quelque chose me retenait. Je n'osais pas. Je ne peux pas l'expliquer très clairement. Je me disais : « Je ne fais pas de bêtise, elle verra que je suis resté, elle oubliera peut-être encore demain. »

J'avais peur : peur de partir, du dehors, peur de rester, de ce qu'elle pouvait encore me faire. Je ne savais plus où j'en étais ni ce qu'il fallait que je fasse. J'étais paralysé. La chienne était allongée sur le lit. Elle me regardait. Elle tremblait. Comme si elle se doutait de quelque chose... Je me souviendrais toujours de son regard. J'étais triste de la laisser. Elle avait été la seule compagnie amicale durant toutes ces années.

Je tournais en rond dans l'appartement. J'allais du couloir vers les chambres. Je revenais dans la cuisine. J'ai mangé un peu.

Je n'arrivais pas à prendre de décision. Je me sentais vraiment mal, et très énervé.

Et puis tout d'un coup, c'est venu : j'ai ouvert l'armoire de mon frère, j'ai pris un anorak, un bonnet et des chaussures de tennis trop grandes pour moi. J'ai ramassé, au hasard, toutes les pièces jaunes qui traînaient dans les chambres et le salon. Cela ne devait pas faire lourd.

J'ai ouvert la porte. J'étais dehors.

Une fois en bas, je me suis aperçu que j'avais oublié le porte-monnaie. Je suis remonté très vite. La chienne était toujours sur le lit, immobile. J'ai pris les sous et suis redescendu en courant.

En face de l'immeuble, sur le trottoir, des gens me regardaient. J'étais mort de peur. Il faisait chaud. C'était le mois d'août. Mais cela, je ne le savais pas.

Je n'étais jamais sorti dehors tout seul. J'étais dans la rue avec l'intention d'aller chez ma grand-mère. Je n'avais aucune idée de l'endroit où elle habitait. En réalité, cela devait bien faire deux cents kilomètres. Je pense que je n'y serais jamais arrivé. C'était impossible. Je n'avais aucune idée de la direction à prendre ni du nom de son village, rien du tout.

J'allais au hasard. Mécaniquement. Sans pensée. Je me retournais sur toutes les voitures qui s'arrêtaient aux feux rouges, croyant à chaque fois voir ma mère ou le beau-père. J'avais de plus en plus peur.

Pour fuir la rue, pour me cacher, je suis entré dans un jardin. Le portail était ouvert. J'ai divagué un peu dans le jardin. Puis je me suis roulé en boule sous un taillis. Des gens sont sortis de la maison. Ils étaient nombreux. C'était sans doute une grande famille ou bien ils étaient entre amis.

Ils discutaient en venant vers moi. Je n'entendais pas très bien. J'étais recroquevillé comme un hérisson. Ils disaient : « Il est mort ? Qu'est-ce qu'il se passe ? »

Alors, je me suis redressé d'un seul coup et j'ai parlé très vite. Je racontais tout en même temps : le placard, mes mains brûlées... Je les suppliais : « Ne me ramenez pas chez moi... »

Après, tout s'est passé rapidement. Ils m'ont installé dans la salle à manger. Ils ont appelé les flics. J'étais assis entre deux dames. Je ne me souviens plus de ce que je disais.

Les policiers sont arrivés et m'ont emmené. Ils voulaient savoir où j'habitais. Ils étaient très méfiants. Ils ont téléphoné à la centrale pour vérifier que je n'étais pas un fugueur.

Je ne connaissais pas le nom de ma rue. J'aurais sans doute pu reconnaître l'endroit. Mais j'étais sûr d'une chose au fond de moi, en tout cas : il valait mieux jouer l'idiot avec les flics plutôt que de me retrouver devant ma mère. Elle aurait encore réussi à convaincre les flics qu'elle me cherchait ou Dieu sait quoi. J'y serais resté, une fois de plus.

Je pensais à tout ça dans le car qui faisait le tour de la ville, et je répétais comme un automate : « Non, non, ce n'est pas là. »

J'ai passé la soirée au poste.

Je répondais aux questions en donnant le plus de détails possibles. Je n'arrêtais pas de parler. Je décrivais, j'expliquais. Comme un robot. Les mots sortaient facilement.

Forcément, je sortais d'un placard. Je n'avais que ça en tête.

Ils ont dû me prendre pour un fou à certains moments.

Je crois qu'ils ont oublié de me donner à manger.

Après une visite médicale, vers une heure du matin, j'ai atterri dans un foyer à Brétigny. Là, on m'a donné un lit. Je me souviens qu'au matin, en me levant, j'ai mis mon bonnet et quelqu'un m'a dit : « Tu as des poux ou quoi ? » J'ai laissé passer l'insulte mais ça commençait mal !

Ils m'ont habillé et nourri. Des gens m'ont apporté des cadeaux : une montre, un 4 × 4 amphibie télécommandé ! Je n'avais jamais vu ça de ma vie ! Il y avait d'autres choses mais je ne me souviens plus.

C'est là que les journalistes ont fait le mur du foyer pour me voir. Mais quand ils m'ont interrogé, j'avais déjà décroché. Je flottais à demi conscient. Je n'étais plus présent du tout. Sonné. Il ne me reste aucune image. J'étais comme anesthésié. Mais j'étais vivant. Dans une vie à l'air libre.

Ils avaient récupéré la petite chienne. Je l'avais avec moi, au foyer, mais il y avait des jeunes si violents que j'avais peur pour elle. Plus tard, avec un éducateur, je la ramènerai chez la mère du beau-père. Elle y sera plus en sécurité.

Quand je me suis évadé, mon frère était en vacances. Cela a dû lui faire un sacré coup d'apprendre l'arrestation de ses parents. Il a été placé tout de suite dans un foyer de la DASS.

Pour lui non plus, la vie n'a pas dû être simple. Il ne fallait pas qu'il parle de moi à l'extérieur. Je n'existais pas hors de la salle de bain, de la chambre ou du placard. A l'école, il était fils unique. A la maison, témoin de choses dont il pouvait encore moins parler. Cela devait lui sembler bizarre et pas très facile à vivre.

Il avait un an et demi de moins que moi.

Je ne sais pas ce que je représentais pour lui. Il a fait tout ce qu'il a pu pour me venir en aide. Ce n'est évidemment pas à lui que j'en veux. Il n'est pour rien dans toute cette histoire.

Ma mère le traitait comme un roi. Il avait droit à tous les égards. Dès qu'il avait un rhume, elle appelait le médecin. Il avait tous les jouets du monde... Cette différence de traitement entre mon frère et moi a laissé des traces très douloureuses.

Physiquement, il est assez grand. Plus grand que moi, en tout cas. Il est plutôt costaud. Il a les yeux bleus, les cheveux presque blonds et frisés. Il a une bonne tête ! Il est plutôt beau gosse ! Il est plus sportif qu'intellectuel ; et intelligent, sûrement.

On n'a jamais beaucoup parlé mais quand on nous a mis dans des foyers différents, on se rendait visite les week-ends. On faisait des choses ensemble et, finalement, on s'entendait bien. Après leur sortie de prison, il est parti vivre avec son père. Il a pu continuer ses études.

Certains week-ends, il venait avec moi chez la mère. Je sentais qu'il était heureux que cela se passe comme ça, que cela lui faisait plaisir. On réapprenait à vivre ensemble.

Même si l'on n'a jamais reparlé ensemble du passé, j'ai le sentiment, maintenant, que j'avais fait ce qu'il fallait pour qu'on se retrouve. Pour que quelque chose soit possible.

J'aurais bien voulu qu'on revive ensemble, lui, ma mère et moi, comme une vraie famille... Mais voilà : on s'est perdus de vue. On ne se parle plus. Je ne sais plus rien de lui, aujourd'hui.

Le revoir ? Pourquoi pas ? Mais cela ne peut venir que de lui, maintenant. Il sait où me trouver. Il est assez intelligent pour savoir que je lui fais confiance.

Après mon évasion, j'ai atterri dans un foyer de la DASS, où je suis resté peu de temps. Je n'avais aucune idée sur rien. Au départ, tous les hommes devaient être comme le beau-père et toutes les femmes comme ma mère, sans doute. J'étais dans une totale inconscience des choses. On pourrait dire naïveté. Ou plutôt comme un animal. Un véritable arriéré mental !

Les mots, en eux-mêmes, ne représentaient pas grand-chose. Sauf ceux du strict minimum vital ! Je pensais qu'il suffisait d'apprendre à lire et à écrire et qu'après on pouvait tout faire !

C'est-à-dire n'importe quel métier !... J'avais des rêves, comme ça, de devenir pilote de ligne ou conducteur de train !... J'ai vite déchanté !

Au tout début de ma vie en liberté, j'ai débarqué à l'école du foyer. J'ai appris à lire et à compter. Là, ça allait. Même si le rythme était assez dur à suivre.

J'étais avec des enfants plus jeunes que moi. Aux repas, je me souviens, je mangeais comme un rapace, je finissais tous les plats. Je crois que j'étais assez violent.

Quelques mois plus tard, on m'a mis dans un foyer du ministère de la Justice, à Evry. J'avais douze ans. Evry, c'était comme une petite famille. Nous n'étions pas nombreux. J'étais un peu sauvage. Je faisais beaucoup de bruit. Je parlais beaucoup. Ce n'est pas que les autres me faisaient peur, mais je n'avais pas l'habitude.

Les éducateurs m'ont appris à vivre. J'ai continué à aller à l'école. J'apprenais la vie : parler, jouer, manger, se bagarrer. Enfin tout, quoi ! Tout était important.

J'étais dorloté par les éducateurs. Ils étaient tous vraiment bien avec moi. Cela ne pouvait pas mieux se passer. Je suis tombé pile sur ce qu'il me fallait. J'ai eu beaucoup de chance.

J'ai tout appris à la fois. Tout découvert. On allait en camp de neige ou en classe verte, ou à la mer. Je me souviens de la première fois où j'ai retrouvé la mer ! Le sable, la plage, le ciel bleu, les vagues, bref, c'était miraculeux ! Le paradis !...

J'ai appris à skier, et aussi à monter à cheval. J'ai même un diplôme de plongée en piscine ! J'ai découvert beaucoup de choses en un minimum de temps. J'étais vraiment bien encadré par les éducateurs. Je n'ai que des bons souvenirs de ces années-là.

Ce qui était plus problématique, c'était l'école elle-même. Je n'ai pas su profiter de tout ce qu'on m'apportait sur le plan des études. J'étais un peu débordé.

Après coup, je me suis senti très coupable. C'était catastrophique. Je ne travaillais pas. Je n'apprenais plus rien. Je n'y arrivais plus.

Maintenant, je le regrette vraiment. Je voudrais apprendre, connaître, lire, savoir suffisamment de choses pour trouver un métier qui me convienne. Je ne sais pas encore quoi vraiment. Dessiner des habits, faire de la couture m'intéresse. Mais je ne sais pas encore comment m'y prendre...

Parallèlement à ma vie au foyer, je voyais T. L., un psychiatre.

La première fois que j'ai été dans son bureau, je me suis senti immédiatement à l'aise. J'ai eu confiance tout de suite. Même si, à l'époque, j'étais très violent. D'une agressivité dingue! Comme si je pouvais me mettre en colère, en rage — parce qu'il s'agissait bien d'une rage, à ce moment-là — sans qu'il m'arrive rien. Il était assis derrière son bureau. Il attendait. Je savais qu'il m'écoutait. Qu'il allait m'aider à tirer cette histoire au clair.

Au début, il me disait : « Parle-moi de ta mère. » Et je commençais à tout casser !...

J'y allais plusieurs fois par semaine. A un rythme soutenu.

Puis on a fait de la pâte à modeler, des dessins. On jouait. On discutait. Il écrivait des histoires que je racontais. Il doit toujours les avoir dans un coin, d'ailleurs.

C'était bien. Il me faisait beaucoup de bien. Je crois qu'il m'a aidé à sortir ma haine. A la calmer. Et à trouver autre chose à la place. Cela m'a permis d'aller voir ma mère en prison sans arrière-pensées. Il m'avait proposé de la voir. Il devait m'en sentir capable.

Je suis allé voir ma mère en prison, une fois, à Fleury-Mérogis. Je devais avoir treize ans. Presque un an après mon évasion et son arrestation. Après, nous nous rencontrions dans le bureau de la juge.

J'étais préparé, on pourrait dire. Prêt à la voir.

Mon frère y allait de son côté, également.

En fait, j'avais envie de la voir.

T. L. m'avait beaucoup aidé pour cette rencontre.

J'étais curieux de ce que j'allais trouver. De qui j'allais rencontrer.

J'allais la regarder, la voir, autrement.

J'étais dans de drôles de sentiments : à la

fois de curiosité, sans appréhension ni peur vraiment, et de mystère.

Comme si je ne connaissais pas cette mère-là. Comme si j'allais découvrir quelqu'un d'autre. La situation était l'inverse de celle que j'avais toujours connue : elle était enfermée et moi, libre.

J'attendais de voir l'effet que ça produirait.

Je suis arrivé dans le bureau de la juge. Ma mère m'a embrassé. Puis la juge nous a laissés seuls un petit moment.

C'est seulement le jour de cette première visite que je l'ai appris : le beau-père n'était pas mon père. Je ne portais pas son nom, mais le nom de ma mère. J'avais donc un père quelque part. Qui n'avait rien à voir avec cet homme, compagnon de ma mère, père de mon frère et pour qui je n'étais rien. Tout s'embrouillait dans ma tête. Les souvenirs arrivaient en désordre : la photo de cet homme trouvée dans la table de nuit, à qui je ressemblais — à moins de l'avoir rêvé —, la réflexion de ma mère devant la télévision : « C'est papa qui chante. » Cela avait fini par m'obséder et je harcelais ma mère à propos de ce père inconnu.

Elle ne voulait rien me dire. Ni qui il était. Ni comment il s'appelait. Simplement qu'il l'avait abandonnée, enceinte, avec juste six cents francs.

Moi, ça ne m'avançait pas à grand-chose de savoir qu'il lui avait laissé six cents francs en tout et pour tout. Elle était vraiment butée sur cette question-là. Et moi qui aurais tellement voulu savoir ! Je restais sur ma faim.

Je lui posais des questions sur elle aussi. Sur le pourquoi de ce qui s'était passé.

Puis la juge revenait. On restait un peu ensemble, et je m'en allais.

Je suis allé la voir un bon nombre de fois avant le procès. Je ne sais plus combien exactement. Elle et le beau-père, aussi. Séparément. Sauf une fois où on s'est tous vus ensemble, avec mon frère aussi.

Petit à petit, on a appris à se parler sans arbitre. C'était une véritable rééducation familiale. De leur côté, ils apprenaient à être parents. Elle, à être mère, peut-être. Moi, je devais apprendre à ne pas les voir en noir. A chasser la haine hors de moi. Je me disais qu'il y avait quelque chose à faire, là, à ce moment-là de notre vie. Qu'il était possible de revivre ensemble. Que l'on pouvait imaginer reprendre une vie comme les autres. J'allais retrouver des parents. J'avais besoin d'une famille, de racines. Alors, on pouvait au moins essayer, tenter de refaire une vraie famille. Comme je n'en avais jamais eu. Qui aurait été un point d'appui dans mon existence. Je pensais tout cela. Je désirais que cela soit possible. Et nos rencontres se passaient bien.

Je parlais librement. Tout était naturel. J'étais joyeux. Je me souviens : je racontais l'école, ce qui se passait au foyer, la collection de timbres que j'avais commencée.

Il y a toujours quelque chose qui raccroche. Un ou deux ans ont suffi à calmer, enlever ma haine. J'avais trouvé à la place le pardon, sans le savoir. Ce qui restait, c'était l'attachement, le lien.

Puis il y eut le procès, qui m'a terrifié.

J'ai dit au début du livre que je n'avais rien raconté au tribunal parce que mon frère me l'avait demandé.

Mais, maintenant que j'arrive à ce point de mon histoire, je peux dire que mes sentiments à ce moment-là étaient partagés : qu'il n'y avait pas uniquement la demande de mon frère, mais aussi tout ce qui s'était passé avec ma mère pendant les visites chez la juge.

C'était difficile d'être clair, de préciser mon désir, qui était à la fois que la vie reprenne normalement, mais aussi de dire le mal qu'on m'avait fait...

Le désir que toute cette horreur s'arrête et qu'on en sorte a été le plus fort. J'ai continué à voir ma mère et j'ai écrit au garde des Sceaux.

Monsieur

Mes parents sont en prison à Versailles et à Fleury, à cause des traitements que j'ai reçus pendant mon enfance. J'ai été enfermé dans un placard. J'ai refait mon histoire, et ce que j'ai compris de ce qui s'est passé me fait vous écrire aujourd'hui. J'ai raconté mes idées au docteur Lainé qui m'a beaucoup aidé et en qui j'ai entièrement confiance.

Il faut que je retrouve ma mère et mon beau-père librement... Je vais avoir dix-sept ans le 29 mai. Il faut qu'ils sortent le plus rapidement possible...

Extrait de la lettre
au garde des Sceaux.

Je suis parti en colonie de vacances avec le foyer et l'école. C'était une nouvelle expérience. A la première sortie, nous étions beaucoup. Vraiment beaucoup de monde.

Le premier matin, il y avait tellement de monde dans la salle du petit déjeuner que j'ai été pris de panique. Je n'ai pas osé entrer. Heureusement, une copine du foyer était avec moi et m'a aidé à surmonter cette peur et à aller prendre mon petit déjeuner.

Petit à petit, je me suis habitué.

Je m'adaptais.

Puis d'autres colonies où tout allait bien.

J'ai commencé à regarder les filles.

Je ne connaissais des femmes que ma mère. Mais les filles que j'avais sous les yeux n'avaient rien à voir avec elle. Elles ne me faisaient pas peur. Je les différenciais complètement.

Au cours d'une de ces sorties en colonie, j'avais repéré une fille très belle. Tous les garçons la regardaient. Je me disais que, de toute façon, elle n'était pas pour moi. Mais finalement, on a passé la soirée ensemble. J'étais plutôt heureux. Seulement, le lendemain, je me suis mal conduit.

Comme d'habitude, je suis arrivé en retard au petit déjeuner. Un peu hébété. J'avais du brouillard dans la tête. Tout le monde me regardait. Elle aussi. Je n'ai pas dit un mot, ni bonjour à personne. Je ne lui ai pas adressé la parole. Je pensais aller la voir, après. Mais c'était trop tard. Elle s'est vexée, ou je ne sais quoi. Elle m'en voulait. Bref, elle me l'a fait payer. Et je l'ai perdue.

Il y en avait une qui avait quatorze ans, mais qui paraissait beaucoup plus âgée. Elle travaillait très bien. Elle avait une mère et une petite sœur. Je crois que j'ai baratiné comme un fou ! Et elle m'a fait attendre un paquet de temps !

Elle n'était jamais sortie avec un garçon.

Enfin, c'est ce qu'elle disait ! Pourtant elle était très jolie ! J'ai donc essayé de remédier à ce problème ! Elle me disait toujours qu'elle me donnerait une réponse à la fin de la semaine ! Sympathique !

Alors, j'ai attendu patiemment.

Finalement, on s'est retrouvés presque tous les soirs !... C'était les vacances !...

Au fond, c'est toujours une bataille à mener avec les filles ! On perd ou on gagne ! Pourtant c'est idiot de parler de perdre ou gagner. Là n'est pas la question. Si l'on se plaît de la même façon et si l'on s'entend bien...

Je préfère les personnes calmes. J'aime bien les filles qui ont de l'énergie, de l'autorité, mais sans crier, surtout. Sans s'énerver. Je ne crie pas, moi. Je ne m'énerve pas. Je n'ai pas encore beaucoup d'expérience mais j'ai l'impression que crier ne sert à rien !...

Je sais que je fais plus jeune que mon âge. Tant pis ou tant mieux, je ne sais pas. Peut-être que comme ça, à quarante ans, je n'aurais pas encore l'air d'un vieux con !...

Il m'est arrivé une fois d'avoir des difficultés, à cause de mes mains.

C'était à un camp avec la classe, à Saint-Aignan, dans la Nièvre. J'avais fait comprendre à une fille que je voulais sortir avec elle. Je n'avais pas eu de réponse immédiate. Non seulement ce n'était pas vraiment agréable comme situation, mais ils s'étaient réunis, les copains et elle, dans une chambre pour discuter. Je me sentais pris dans un piège, jugé, un peu trahi. J'écoutais à travers la porte. Un des garçons lui a demandé si c'était à cause de mes mains qu'elle ne voulait pas sortir avec moi.

Alors là, j'ai été vraiment triste. Je voulais laisser tomber. J'étais un peu en colère, aussi. Après, j'ai pu lui demander si c'était vrai, si la vraie raison était mes mains. Elle m'a dit que non ; qu'elle avait un autre copain à Paris et que cela ne l'intéressait pas.

Cela m'avait dégoûté et attristé : on pouvait me refuser à cause de mes mains. Je pouvais être rejeté. Mes mains me mettaient hors jeu. C'était bien un handicap qui me poursuivait.

Au début de ma vie au foyer, j'ai été examiné sous toutes les coutures par les médecins. Entre autres, on m'a emmené à l'hôpital Boucicaut pour me faire opérer d'une peau qui s'était formée entre le pouce et l'index. J'avais les phalanges de la main droite rétractées. Je ne pouvais pas allonger les doigts ; alors ils m'ont mis un appareil à ressort pour les rééduquer pendant quelques mois. C'est un spécialiste des mains, un docteur très bien, qui s'est occupé de moi.

Aujourd'hui, mes doigts s'allongent presque normalement. Je pourrais jouer d'un instrument à cordes, d'une basse ou d'une guitare, par exemple. Le piano serait plus difficile. J'ai encore du mal avec l'index et le majeur.

Je me souviens qu'à cet hôpital, on regardait un jour une émission sur Mesrine, avec une infirmière ; elle me dit que la femme de Mesrine avait été opérée dans ce même hôpital et qu'elle avait couché dans le lit où je me trouvais. Je me suis senti tout d'un coup tout drôle !... Ils devraient le revendre, ce lit, et cher !

C'est vrai que tout le monde s'occupait bien de moi. Mais cela ne m'empêchait pas de faire autant de bêtises que les autres.

Au cours d'une excursion au Mont-Saint-Michel avec des gens d'Ivry, quelques-uns de mon groupe ont trouvé intéressant de voler dans un magasin. Et moi, je les ai suivis ; j'en ai fait autant. On s'est fait attraper une fois. Je crânais. Je faisais l'idiot et riais bêtement. Comme si tout cela m'amusait !

Un flic m'a demandé si je n'étais pas complètement taré. « Oui, sans doute », lui ai-je répondu. Puis ils nous ont relâchés.

Le problème, c'est qu'on y est retourné.

On avait volé des petites chaînes en or. N'importe quoi, vraiment ! Alors là, ç'a été fatal ! On s'est fait reprendre, évidemment. On a été obligés de tout rendre au magasin. Les moniteurs qui nous gardaient se sont fait passer un savon de première par les flics.

On était tous au poste, en caleçons, fouillés. J'étais mort de honte. Je n'avais jamais fait une bêtise pareille.

Un des copains, qui voulait avoir l'air plus fort que les autres sûrement, demande aux flics, à tout hasard : « Et si on part en courant, qu'est-ce que vous faites ? — On vous tire dans les pattes. » Merci bien !

Il y avait une cartouche de gauloises sur une étagère, derrière les flics. J'avais très envie de l'embarquer. En fait, j'étais vexé. Alors, j'aurais trouvé n'importe quoi pour faire diversion à ma honte, qui ait l'air d'un jeu, d'un défi : par exemple, piquer leurs cigarettes, sous leurs yeux.

Il y avait beaucoup de Maghrébins dans notre groupe et un flic n'a pas pu s'empêcher de leur demander pourquoi ils n'étaient pas restés chez eux. Bravo ! L'ambiance était lourde.

Tout ça n'était pas très reluisant. Mais, en tout cas, depuis, je n'ai plus eu envie de voler quoi que ce soit, nulle part.

Quand je suis seul, c'est-à-dire que je ne suis pas obligé de parler avec quelqu'un, je ne peux pas m'empêcher de penser : je veux dire que j'ai besoin de penser avant de faire quoi que ce soit. Ce qui m'a posé des problèmes quand j'allais à l'école.

Déjà, j'étais régulièrement en retard parce que j'étais habitué à dormir des heures, le matin : je n'arrivais ni à me réveiller, ni à me lever à temps. Je n'avais pas le même mode de vie que les autres. Je vivais comme un sauvage, en quelque sorte.

En me levant, il me fallait un quart d'heure de pensées, sans rien faire d'autre. Déjà là, je prenais du retard sur l'horaire.

Après, sous la douche, pendant le petit

déjeuner, je continuais à être dans mes pensées, c'était vital.

Tout me prenait énormément de temps. J'avais la tête dans les nuages. C'est embêtant pour la vie.

On me disait souvent : « David, dépêche-toi. A quoi tu penses ? Qu'est-ce que tu fabriques ? »

J'arrivais en retard partout : à l'école et plus tard à mes premiers boulots. On me traitait de fainéant. Pourtant, je ne crois pas être vraiment paresseux. Mais c'est vrai que j'ai besoin de plus de temps pour moi que la moyenne des gens. Un temps juste pour mes pensées, pour les rassembler, pour arriver dans le quotidien, après.

Maintenant, j'arrive à me concentrer au travail si on me laisse travailler tranquille. Sans me faire des réflexions. Mais, là encore, il faut que je fasse un effort pour chasser les idées qui tournent, tournent dans ma tête. C'est redoutable. Parfois, je m'imagine toutes les tristesses du monde. A ces moments-là, j'ai vraiment du mal à être à ce que je fais. Et naturellement, le travail s'en ressent et j'ai droit à des remarques. Normal.

J'ai passé huit ans en tout au foyer. J'y suis arrivé à treize ans et en suis reparti à vingt.

J'allais avoir quinze ans quand le procès a eu lieu, en 1985. Cela faisait donc presque trois ans que je vivais au foyer. Je continuais à aller à l'école, mais c'est vrai que je ne travaillais pas beaucoup. En tout cas pas suffisamment pour rattraper le temps perdu.

Je voyais toujours régulièrement T. L. Il était venu m'aider au procès. Il avait témoigné. Et ma mère est sortie de prison. Fin 1986 ou début 1987, je ne sais plus.

Je ne sais pas si ma lettre au garde des Sceaux avait accéléré sa sortie ou non, ou si elle avait de toute façon terminé son temps. Toujours est-il qu'elle sortit.

Elle a d'abord habité une chambre dans

un foyer de jeunes filles, à Charenton. Elle y faisait le ménage. Nous y allions, le week-end, mon frère et moi. On dormait tous les trois dans sa chambre. C'était peut-être une nouvelle vie qui commençait ? On reprenait contact les uns avec les autres. C'était bien.

Elle est restée là quelques mois. Puis elle a pu s'installer dans un appartement, toujours à Charenton.

C'était un appartement assez clair, avec un couloir où donnaient sa chambre, un salon, une cuisine et une salle de bain. Quand nous venions, mon frère et moi, elle nous prêtait sa chambre et elle dormait dans le salon. Elle avait quelques meubles élémentaires.

On partait se balader tous les trois. On discutait. Bref, la vie avait l'air de reprendre son cours à peu près normalement. On réapprenait à vivre ensemble. Il n'y avait pas de tension, en tout cas de ma part. Mon frère était content.

J'avais apporté ma collection de timbres et l'avais laissée chez elle. Comme ça, je la retrouvais les week-ends. J'avais peut-être l'idée qu'un jour on se réinstallerait vraiment.

Cette collection de timbres était une chose à laquelle je tenais beaucoup. Je l'avais commencée au foyer et j'avais amassé là un véritable trésor.

Ma mère continuait à faire des ménages au foyer de jeunes filles. En attendant de trouver un autre travail dans la restauration ou le commerce, je ne sais plus. Mais de toute façon, elle s'était toujours débrouillée, elle allait sûrement trouver.

C'était une autre personne que je découvrais. Quelqu'un que je n'avais jamais connu. Elle avait un comportement normal, elle était comme toutes les mères !

Tout s'est bien passé pendant quelques mois.

Seulement voilà, j'étais toujours avec mes questions dans la tête. Au bout d'un moment, elles sont revenues sur le tapis.

J'avais besoin de parler avec ma mère. Je n'étais pas en état de guerre, ni agressif ; je voulais comprendre. J'évoquais le passé. Je voulais qu'elle s'explique. Pourquoi ? Pourquoi moi ? Qu'elle me dise qui était mon père. J'aurais tant voulu qu'elle me réponde, juste une fois.

Elle ne pouvait pas, elle, parler du passé. C'était insupportable. Dès que j'ai commencé à aborder le sujet, elle s'est renfermée, refermée. C'était trop dur pour elle. Pourtant, je ne pouvais pas me taire.

Alors, un jour, elle me répondit par un silence total.

Elle n'était plus là.

C'était la veille du 1er janvier 1988.

Je travaillais à ce moment-là dans un restaurant. J'étais seul au foyer, ce soir-là. J'ai voulu lui téléphoner pour lui souhaiter une bonne année. Je ne l'avais pas vue depuis quelque temps. J'ai donc appelé chez elle, comme je le faisais d'habitude. Quelqu'un que je ne connaissais pas a répondu. C'était une erreur.

J'ai vérifié aux renseignements si je ne m'étais pas trompé. On m'a donné un autre numéro. Bon. Je rappelle et je tombe cette fois sur un type inconnu, qui me dit qu'il n'y a personne sous ce nom à ce numéro.

Alors là, j'ai commencé à ne plus rien comprendre. A avoir peur. De cette peur qui coupe les jambes. J'étais en état de choc. Comme si j'avais reçu un grand coup sur la tête. Je suis resté assis dans la cuisine, sans bouger, très longtemps. A essayer de sortir du brouillard. Qu'est-ce qu'il se passait ? Où était-elle ? Partie sans prévenir et sans laisser d'adresse. Elle ne m'avait pas laissé un seul petit message. Rien. Le néant. Le vide. Plus personne.

J'étais en colère et triste, tout à la fois.

J'ai attendu que le premier choc passe pour appeler le beau-père. Il n'avait aucune nouvelle. Il ne savait rien non plus. Quant à mon frère, il était aussi choqué que moi. On a évité d'en parler.

Moi qui avais tant besoin de m'expliquer les choses, de mettre des mots sur mon histoire, avec lui je faisais attention de ne pas le blesser.

J'avais ressenti comme une offense personnelle la brusque disparition de ma mère. Dès que j'avais commencé à lui parler, elle avait tourné les talons. Je me suis senti à ce moment-là dans une solitude très profonde.

Ma mère avait disparu. En emportant son secret.

Je me suis mis à penser à tout ce mystère que je ressentais autour d'elle. J'ai voulu connaître son histoire. C'est difficile de reconstruire l'histoire quand quelqu'un n'est plus là.

Ma grand-mère avait dit un jour de sa fille qu'elle donnait l'impression d'être sans histoire, justement. Lisse. Ma mère a toujours eu besoin d'un masque, d'une apparence. Mais ni ma grand-mère ni moi ne pouvions rentrer dans sa mise en scène.

Par ailleurs, les gens de l'immeuble l'aimaient bien, disaient qu'elle adorait les enfants.

Moi, maintenant, je me bats avec toutes ces paroles contradictoires et son absence.

Je ne suis pas dans sa pensée. Je ne peux

pas porter de jugement. Je peux juste poser des questions.

Est-ce qu'elle m'en veut ?

M'a-t-elle définitivement rayé de sa vie, ou non ? Est-ce que, pour qu'elle vive, elle, il faut que je disparaisse, moi ? ou le contraire : qu'elle disparaisse pour que je vive ?

Elle veut peut-être rester absente à vie.

J'aimerais bien savoir ce qu'elle est devenue. Je m'aperçois qu'elle est encore dans ma tête, que je ne peux pas m'en séparer. Si elle me donnait un signe de vie, j'irais la voir. Je ne suis pas quelqu'un de dur.

Ma mère est une femme très belle. Très mûre aussi. On voit tout de suite qu'elle a beaucoup d'expérience. Elle est mince et pas très grande. Elle a dans les quarante-cinq ans. Elle faisait jeune pour son âge.

Elle a un joli visage, avec des cheveux blonds, teints. D'origine, elle est brune. Elle était toujours bien coiffée, très soignée. Très bien maquillée, avec des yeux foncés.

Tout l'extérieur est lisse. Impeccable, on pourrait dire. Elle a peut-être vieilli, maintenant.

Son histoire est difficile, au départ.

Quand elle était petite, elle a subi un beau-père alcoolique et violent. Ils étaient plusieurs frères et sœurs ; toute la famille vivait dans la misère. Elle disait que sa mère ne l'aimait pas, qu'elle se sentait exclue. Ma grand-mère soutenait le contraire, évidemment. Elle a dû partir très tôt de la maison familiale. Elle s'est débrouillée très vite seule.

Elle est très intelligente.

Elle était jeune quand elle m'a eu. Seule. Sans homme. Et moi, sans père. Elle ne voulait sûrement pas d'enfant à ce moment-là. Cela a dû être très dur pour elle. Elle m'a fait payer son malheur. On fait toujours payer son propre malheur, non ?

Je cherche des excuses, ou je cherche à comprendre ?

C'est comme si elle s'était niée elle-même, d'une certaine manière. Elle voulait effacer ses origines dont elle avait honte. D'ailleurs, elle ne les connaissait pas puisqu'elle ne savait pas qui était son père. Quand je suis arrivé, je ne faisais pas bien dans son paysage. Là aussi, elle avait honte. Elle a voulu me cacher. Tout cela devait être terriblement lourd.

Le passage éclair et la rupture avec mon

père, la nouvelle vie avec mon beau-père et la naissance de mon frère, tous ces événements ne me laissaient pas vraiment de place. Et puis, que je me sois si mal acclimaté à elle, que rien ne passe entre nous n'a pas arrangé la situation.

Quelqu'un m'a dit un jour que ma mère avait eu de l'amour pour moi, à sa manière. J'ai du mal à le croire. Il s'agissait bien plutôt de haine.

Ma réalité, ce que j'ai vécu pendant huit ans, n'avait rien à voir avec l'amour. On dit souvent que l'amour et la haine sont à côté l'un de l'autre, mais là je ne vois pas !

Elle avait toujours des comportements si graves à mon égard, des réactions si violentes...

Une chose m'a longtemps ennuyé : la volonté qu'elle mettait à nier l'évidence.

Elle a été condamnée pour m'avoir brûlé les mains. Or, elle n'a jamais reconnu l'avoir fait. Ses déclarations ne tenaient pas debout : que j'étais tombé dans le bidet en jouant, qu'elle y mettait sa lessive à tremper, que c'était un accident, etc.

En admettant que je sois tombé maladroitement, je serais sorti très vite et n'aurais pas été brûlé comme ça et uniquement aux mains. Elle a vraiment tout faux. C'est évident que j'ai été maintenu de force.

Par la suite, elle a soutenu qu'elle me gardait enfermé pour cacher mes mains. Faux. J'étais enfermé bien avant les brûlures.

Elle a toujours refusé le psychiatre. Pour elle, elle allait bien. Elle n'a jamais voulu se soigner. Je trouve cela vraiment dommage.

En repensant à tout cela, maintenant, je me dis que si l'on avait revécu ensemble, on serait restés dans une observation mutuelle, avec le poids du passé, sans pouvoir aller plus loin. Moi-même, je n'étais pas assez mûr pour l'affronter.

Actuellement, j'imagine mal comment on pourrait se retrouver. Et même si cela arrivait, que reste-t-il de possible ? Il est trop tard.

On sera dressés l'un en face de l'autre pour le reste de la vie. Ou alors, il faut faire une croix sur ce qui n'a pas été possible.

Je me demande ce qu'elle va devenir à l'âge d'être grand-mère ?

Il est difficile de dire s'il s'agit d'une histoire criminelle, passionnelle ou les deux.

Je me bats avec un fantôme.

La vie a continué au foyer, sans elle.

J'avais quitté l'école.

J'essayais de me mettre à travailler, dans la vie active, comme on dit, pour gagner ma vie. Je n'avais aucune formation. C'était difficile de trouver du travail dans ces conditions.

Je ne savais pas grand-chose, sauf que j'étais dans une vraie galère ! Et qu'il allait falloir m'en sortir tout seul.

J'ai été embauché comme TUC dans un restaurant à Ris-Orangis. Pour un contrat de dix-huit mois. Là, j'ai appris pas mal de choses. Ce travail-là s'est bien passé. Puis j'ai trouvé un boulot de manutentionnaire à Montlhéry. Il fallait emballer des pièces de vélo. Pas reluisant. D'ailleurs, je n'y suis pas resté longtemps.

Je crois que j'errais pas mal à ce moment-là. Dans la vie, dans ma tête, dans la recherche de ce que je pourrais bien faire.

J'avais retrouvé un travail : commis de salle à Corbeil. J'en suis parti au bout de six mois. L'ambiance n'était pas terrible, même franchement mauvaise, et le patron, bizarre.

J'avais dix-neuf ans et vraiment du mal à me mettre dans une réalité de travail. Ma mère ne m'a peut-être pas tué quand j'étais petit, mais le poids du passé est si lourd, parfois, qu'il m'empêche de faire les choses. Je n'ai pas envie de mourir, pas du tout. Même si, à certains moments, tout est si difficile.

Difficile de trouver sa place. Difficile de savoir ce qu'on a vraiment envie de faire. Difficile d'être avec les autres, parfois.

A cette époque-là, les contacts avec mon frère se faisaient de plus en plus rares. C'était toujours moi qui téléphonais pour prendre de ses nouvelles. De son côté, il n'appelait jamais. Alors, j'ai laissé tomber.

Je n'ai plus décroché mon téléphone et je n'ai plus entendu parler de lui.

J'avais le sentiment d'être seul au monde.

Une tristesse est revenue. Avec l'amertume et une espèce de colère de voir que tous les projets, tous les possibles s'écroulaient. Ma mère avait disparu, mon frère vivait sa vie de son côté, sans se préoccuper de la mienne. J'étais abandonné, oublié. Il fallait que je me débrouille tout seul.

Alors, au lieu de garder en moi cette tristesse empoisonnée, j'ai eu envie de l'écrire. Il n'y avait plus que ça à faire !

Aurais-je pu ne pas l'écrire et m'en sortir autrement ?

Je crois que je serais resté bête !...

Le besoin d'écrire, de raconter ce qui m'est arrivé, est une vieille idée.

L'écriture est plus facile que la parole toute seule.

Je voulais aussi témoigner au grand jour et faire que cela ne se produise pas pour d'autres.

C'était un bon moyen pour m'adresser à plusieurs personnes à la fois, à celles de ma famille, entre autres.

J'avais besoin de tirer les choses au clair, de mettre de l'ordre dans ma tête, de reconstruire l'histoire.

J'ai pu exprimer la colère, la tristesse, et mettre cette souffrance au dehors, à l'extérieur de moi. La pousser au loin pour m'en débarrasser.

Mais aussi pour ne pas l'oublier.

Et ainsi je suis vivant !

J'ai l'impression de m'être mis en recherche.

D'être sur le chemin des découvertes.

Petit à petit, au lieu de n'avoir que des questions, arrivent des réponses.

Ce livre a été une sorte de libération. Et d'enrichissement.

Je ne suis pas le même maintenant qu'au début de ce livre.

Tout cela m'aide à vivre.

Peut-être s'agit-il d'une autre sorte de rencontre. Une rencontre avec la lâcheté, la honte des uns et des autres. Qui se sont sauvés comme des voleurs. Un moyen de dépasser tout ça.

Ecrire, parler est une façon de trouver la vérité, la mienne. Quand il y a trop de questions en soi, on ne peut pas avancer.

Arrive le moment où on ne peut faire autrement que de les dire.

Je crois en être arrivé à ce moment-là.

Achevé d'imprimer en février 1993
sur presse CAMERON
dans les ateliers de la S.E.P.C.
à Saint-Amand-Montrond (Cher)
et relié aux Établissements Brun
à Malesherbes

N° d'Impression : 387.
Dépôt légal : février 1993.
Imprimé en France